KB254155

그래야 살 길이 보인다

그래야
살 길이 보인다

| 김선호 지음 |

모두가 두려움에 떨고 있습니다

말은 못 해도 모두들 두려움에 떨고 있습니다.

내 고등학교 동기생이 720명인데 벌써 저 세상으로 간 친구가 40명입니다. 교수, 변호사, 의사 300명을 빼고 회사원이나 공무원이 된 350명 중 아직 직장에 다니고 있는 친구는 몇십 명도 안 됩니다. 직장을 그만둔 몇몇 친구는 조기 노령연금까지 신청했답니다. 언제부턴가 회식장소가 바뀌데요. 서래마을 스테이크 집에서 싸구려 생선회 집으로요.

은행 지점장으로 있는 57년생 내 동생도 주말마다 골프 치며 웃고는 있지만 형 집 현관에 들어설 때면 눈빛이 흔들립니다. 나는

다 알지요. 너도 자리가 불안하구나!

저 역시 두렵기는 마찬가지였습니다. 명문 고등학교에 들어가 서울 공대를 나와 미국 유학도 다녀오고 경영학 박사까지 받았습니다. 약관의 나이에 정부 한 부처의 국장이 되었으나 나올 때는 아직 40대 후반이었습니다. 나는 아직 건재한데 세상은 나에게 나가라고 하더군요. 공기업 사장도 대기업 사장도 해보았습니다. 비서실장에 고급 세단과 기사까지 붙더군요. 학교의 교수도 되어보았습니다. 그렇게 총 여섯 번을 세상에게 잘렸습니다. 세 번은 회사가 저를 잘랐고 세 번은 제가 회사를 잘라버렸습니다. 역시 철이라는 것은 당해봐야 들더군요. 맘껏 자유를 누려보자며 아내와 세계 여행도 떠나보았지만 돈 없으면 자유조차 고통이었습니다. 1년도 못 되어 퇴직금이 다 사라지고 빚까지 쌓였습니다. '낭만 그레이' 흉내를 서둘러 접었습니다. 친구도 동료도 다 나를 버렸습니다.

　아파트 거실의 텔레비전만이 나의 유일한 친구가 되었습니다. 돈도 명예도 사랑도 없는, 그래서 희망 없는 인생이 무슨 의미가 있을까 여러 번 생각했습니다. 가로수까지 멋지게 꾸며진 광진 다리로 갔습니다. 저녁노을이 비치는 멋진 장소를 내가 뛰어 내릴 곳으로 정했지요. 강물이 무섭도록 차가워보였습니다. 그런데 아무나 죽을 수 있나요. 처자식 먹을거리 준비는 끝나야지요. 열 번도 더 어금니를 물었으나 열한 번 비겁해야 했습니다.

멋모르고 미국에 유학 보낸 큰놈과 고3 작은놈의 학원비만이라도 마련해보려고 아내가 수지에 작은 반찬가게를 냈습니다. 우리나라가 얼마나 사농공상의 나라인지 확인할 수 있었지요. 사방의 비웃음이 치욕스러웠습니다. 다 포기해버리고 싶었습니다. 그런데 포기는 아무나 하나요. 먹고 살 만해야지요. 자살도 포기도 나에게는 형편 좋은 상팔자들의 사치였습니다. 하는 수 없었습니다. 평생 듣고 살아 더 이상은 듣기도 싫었던 말들…… 신념, 근면, 인내를 몸으로 실천하는 수밖에 없었습니다. 이 모두가 노동이었습니다. 우리 부부 인생 최대의 치욕과 노동을 넘어 결국 우리 부부는 성공했습니다. 그러던 어느 날 아내의 손을 보고 깜짝 놀랐습니다. 손마디가 호두알처럼 굵어졌습니다. 관절염 약을 달고 삽니다. 그래도 이젠 마음만은 평온합니다. 발 뻗고 잡니다. 나 없어도 내 처자식이 굶어 죽을 것 같지는 않기에 말입니다.

반타작도 빠듯한 인생이었습니다. 이것저것 다 해보았습니다. 학생 노릇도, 선생 노릇도, 공직도, 회사도, 대기업도, 스몰 비즈니스도, 이공계도, 인문계도, 국내도, 해외도, 조그만 영광도, 큰 좌절도 경험했습니다. 이제는 무서울 것도 없습니다.

이 책은 머지않아 똑같은 일을 겪을 아우님을 격려하고 위로하려고 쓴 내 마음의 편지입니다. 인생을 살아야 할 이유를 반드시 찾으면 누구나 다시 일어설 수 있습니다.

"앞으로도 3~40년을 더 살아야 하는 베이비부머들이 배고픔과 외로움을 이기고 어떻게든 살아남으려면 스스로 다시 부활하는 수밖엔 없다. 스물 중반의 군필 빈털터리 청년으로 다시 돌아가 완전히 새 인생을 살아야 한다. 지금부터 준비해도 늦지 않다. 우선 얼룩진 마음을 명경처럼 닦고 몸과 마음을 낮추자. 그리고 세상에 어떤 칭얼거림도 없이 오로지 우리들의 두 다리로 용감하게 홀로서자. 세상 온 사방을 향해 걸어 나아가자."

내내 울면서 이 책을 썼습니다.

김 선 호

2장 | 아내가 월 천만 원을 버는 사장이 되었다

4장 | 온 세상 온 사람 다 만나보자

1장

마흔아홉, 회사에서 잘렸다

잘들 드시고, 잘들 사시오!

낌새가 전혀 없는 것은 아니었다. 그래도 설마했는데 역시였다. 코레일 유통 사장으로 가기로 청장과 약속하고 25년 공무원 생활을 접었다. 호형호제하던 이 양반이 직접도 아니고 차장을 시켜 "그리 옮기면 어때?"라는 뜻을 전달해왔을 때 문득 마음속에 짚이는 것이 있었다. 이 사람에게도 뭔가 말 못 할 곡절이 있겠지. 그래, 내 명줄 늘리겠다고 이제와 흙탕물을 휘저어 여기저기 구명운동까지 할 만한 가치는 없다. 그러면서도 내 스스로 내 가슴을 쳤다. 속없이 그 인간들에게 내주었던 가슴을 다시 거두었다. 나는 꺼지겠소, 잘들 드시고 잘들 사시오!

그래도 웃기지 않은가. '악화가 양화를 구축한다'더니 이놈의 세상이 꼭 그 꼴이구나. 사실이 그렇지 않은가. 학연, 지연, 혈연, 교회 연, 절 연, 국회의원 연, 아내 연, 남편 연, 연줄이란 연줄은 총 동원해서 이 정권에서는 이 연줄 써먹고 저 정권에서는 저 연줄로 겁주는 쓸개 튼튼한 인간들이 출세하는 세상 아닌가. 그렇게 스시집으로 골프장으로, 노래방으로 우우 몰려다니며 마담을 앞에 놓고 '역시 사회는 네트워크야.' 하며 껄껄 웃는 사람들이 말이다. 어쩌다 뜻 높고 성깔 있고 그래서 소심한 인간들이 '나 잘되겠다고 저런 짓을 해?' 하면 '지가 똑똑하면 얼마나 똑똑해? 쪼다.' 하며 흰자위를 돌리는 세상이 아닌가.

어느 날 오전이었다. 아침 회의를 마치기도 전에 후배 몇 명이 함박웃음을 지으며 찾아왔다. 큰 꽃다발에 크리스털 패까지 하나 든 채였다. 패에는 '제1회 바람직한 인물상 김선호, 귀하께서 철도청 본청 직원들이 본부장급을 대상으로 실시한 바람직한 인물상 설문조사에서 가장 본받고 싶은 인물로 선정되어 이 패를 드립니다. 철도청 공무원 직장협의회'라고 쓰어 있었다. "뭘 이런 걸……." 하니 후배들이 "그만두지 마시지." 했다. 나라에서 그럴듯한 훈장도 받았지만 나중에 알고 보니 그것도 타 먹을 사람 다 타 먹고 더 줄 사람도 없으니 나한테까지 온 것이었다. 김대중 대통령과 함께 찍어 우리 집 거실 한 가운데 자랑스레 놓인 사진도 우리 아버지가 옛날에 중앙청 앞에서 이승만과 단 둘이도 아니고 여럿이 함께 찍은 사진 수준이 아닌가. 그런데 이렇게 뜻밖에 '민선'의 상을 받다니 이만하면 나도 헛되게 살지는 않았구나. 철도 100년 역사 이래 제일 똑똑한 이 친구들이 역시 사람 보는 눈은 있구나. 그날 저녁, 퇴근하자마자 거실 텔레비전 밑에 놓았던 홍조근정 훈장과 대통령 뒤에 서서 찍은 사진을 다시는 보지 않을 듯 치워버리고 그 자리에 후배들이 준 상패를 떡하니 놓았다. 그 후 누구든 우리 집에 오는 사람은 이 '바람 직한 인물상' 상패를 일단 알현하고 나의 자랑 섞인 설명을 다 듣고 나서야 그 다음 일정에 들어갈 수 있다.

그렇게 속없이 살다가 막상 잘리게 되자 보기 싫은 꼴 이젠 안 봐도 된다는 후련함과 함께 '이런 나를 잘라? 어떤 자식의 음모야?' 하는 신음이 절로 나왔다. 한편으론 '직장협의회, 이 순진한 후배들 이 본받고 싶어 하면 뭐하나. 높은 분들의 눈에 들어 출세에 도움 이 되어야지.' 하는 세상의 원리를 떠올리며 쓸쓸히 헛웃음을 지었 다. 업무에 대해서는 아무것도 모르면서 로비나 하고 다니는 인간을 KTX 운영의 중요한 자리에 두라는 높은 분의 말도 안 되는 인사 권 유를 몇 번 거부한 적은 있었다. 그 후로 나를 차갑게 대하다 이제는 철도청을 떠난 그 높은 분의 원격조종일 거라는 괜한 심증이 일었던 것은 청 내에 은근히 도는 말들이 있었기 때문이었다. 하긴 내가 무 슨 중요한 인물이라고 원격조종까지 할 가치가 있었겠는가. 심증 아 니라 확증이 있다 한들 힘없는 내게 별 수가 있을 리 없었다. 그래,

오두미(伍斗米) 때문에 허리를 굽힐 쏘냐. 상쾌하게 떠나자.

전 직원이 모인 퇴임 기념식장에서 나는 진심으로 말했다.

"지금 여기를 떠나는 것이 상쾌하다."

나는 바보처럼 씩씩했다. 모두 바보처럼 씩씩한 나를 비웃었다. 그때 내 나이 49세였다.

명퇴금이 솔찬했다. '이것이 인생이다'라는 기분으로 국내로 해외로 여기저기를 들쑤시고 다니며 펑펑 돈 잘 쓰고 있는데 이상한 이야기가 들려왔다. 내 친구까지 포함한 누구누구가 코레일 유통 사장으로 간다는 소문이었다. 설마 사석에서 형이라고 부르는 청장이 '거기가 더 좋아. 비서실장도 있던데 뭘.' 하며 한 약속을 깨지는 않겠지. 아니면 로비의 귀재인 친구 이놈이 어디다 로비를 했나? 설령 그렇다고 해도 별다른 뾰쪽한 수가 없었다. 나의 무장은 이미 해제되어 있었으니까.

정부 조직인 '청'에서 '공사'로 바뀌고 나서 K씨가 사장으로 왔다. 기분 좋게 만났다. 만나자는 것은 K사장의 요구였다. 그는 출전을 앞에 둔 전사처럼 보였다. 오랜 행군을 끝내고 중경 임시정부 청사에 들어선 독립군의 결기가 이랬으리라. 썩은 조직을 어떻게 깨끗하게 씻어낼까 고민하고 있다고 했다. 철도가 썩었다고? 어디가? 누가 썩었다는 말이지? 25년을 다닌 내 자신이 바로 철도 자체라고 생각해왔는데 그럼 내가 썩었다는 말인가? 이 어르신이 불과 며칠 만에 거대 조직의 곪은 부위까지 진단을 마치다니 역시 거물은 거물이구나 싶었다. 물론 마음 한구석에 뜬금없는 의심도 떠올랐다.

'혹시 이 양반 경영에는 맹탕 아니야?'

어쨌든 나는 예정대로 코레일 유통 사장으로 취임했다. 그런데 한 5개월이 지나자 갑자기 본사의 감사팀이 들이닥쳤다. 나는 속이야 물론 누구보다 썩었지만 겉으로는 청렴을 가장하며 깔끔을 떠는 인간이다. 사장에 취임하고 나서 면담 오겠다는 납품업자나 입점업체 사람들은 단 한 명도 만나지 않았다. K사장이 만나보라는 사람은 어쩔 수 없이 만났지만 다들 코레일 유통을 털도 안 뽑고 삼키겠다는 사람들이라 무시했다. 단 한 건도 그들의 요구를 들어주지 않았다. 그리고 전 직원들 격려에만 매달렸다. 우린 잘 할 수 있다. 모두 똘똘 뭉쳐 매출과 수익에만 집중하고 있었다. 고문 변호사조차 내가 사장으로 온 후로 직원들의 눈빛이 달라졌다고도 했다. 문제가 있을 리 만무했다. '자식들, 감사나 다닐 시간이 어디 있어? 본사 놈들이 한가하구만…….' 생각하고 관심도 두지 않았다. 그들은 보름 후 되돌아갔다.

보름쯤 후에 또 감사팀이 왔다. 또 아무런 지적도 없이 돌아갔다. 그리고 또 왔다. 무슨 일이 있나? 누가 무슨 부정이라도 저질렀나? 나는 본사에서 나온 감사팀장에게 단호하게 물었다.

“대체 뭐가 문젠가?”

“아무 문제도 없습니다.”

내가 실장으로 있을 때 사무관으로 나를 도왔던 똑똑한 감사팀 장이 분명히 이렇게 말했다.

뭔가 트집을 잡으려다 잡지 못했는지 아니면 참 눈치도 없는 친 구라고 생각했는지 K사장이 나를 만나자고 했다. 커피만 여러 잔 마 시며 변죽을 울리다가 “개혁에 협조해주었으면 좋겠다”고 했다. 충 격이었다. 내가 개혁 대상이라니? 속으로는 ‘매출 올리고 수익 내려 고 죽을힘을 다하는 것이 개혁이지 따로 무슨 개혁?’ 했지만 그래도 개혁하자는데 토를 달 명분이 있겠는가. 자를 핑계로는 개혁만큼 좋 은 말이 없었다. 그저 “개혁한다는데 협조해야죠”라고만 했다.

며칠 후 내가 잘린다는 소문이 쫙 퍼지고 내가 예전에 데리고 있던 한 서기관을 ‘의금부 도사’로 보냈다. 사표를 내되 어떤 법적인 대응도 하지 않겠다는 서약의 문구도 넣은 사직서를 내밀면서 내 손 으로 공증까지 받아 달란다. 해석하자면 이렇다. ‘이 사약은 임금께 서 내리신 것이 아니라 내가 나의 용렬함을 반성하며 스스로 만들 어 들이키니 성은이 망극하오이다’라는 상소를 손수 올리라는 말이 었다. 이러려고 취임도 하기 전에 다섯 번이나 만나 말도 안 되는 소 리로 사람을 홀렸구나. 그것도 모르고 OB들 입에서 여러 말이 나올 때마다 “에이, 사형까지 받아본 그 양반이 그럴 리 있나요?”라고 하다 통을 들으면서도 나 홀로 진정 존경으로 감읍하고 있었으니 이런 쓸개 빠진 인간이 또 있을까. 억울했다. 사직서를 써서 공증을 받기 위해 걸어서 한 20분 거리에 있는 공증사무실로 가는 동안 참 많은 생각을 했다.

'이렇게까지 해야 하는가? 그렇잖아도 자기 사람 여럿 데려와 휘두르고 있다고 여기저기 웅성거리는데 한번 확 박아버려? 아니야, 그래 봐야 나도 똑같은 놈 되지. 기자회견이라도 해버려? 아니야, 절이 보기 싫으면 중이 떠나는 거라고 우리 할머니가 말하지 않았던가. 사나이, 참아라!'

일 없이 놀고 봉급 받는 곳으로 보내주겠다고 심각한 얼굴로 선심까지 쓰는 K사장이 우스워 하마터면 웃음이 나올 뻔했다. 한편으론 이 양반이 안쓰럽다는 주제 넘는 생각도 들어 그 일은 그렇게 마무리하기로 했다.

노조원을 포함한 전 직원이 연이어 나와 함께 계속 일하고 싶다는 뜻을 본사 사장한테 탄원하러 갔다는 소식을 들었다. 틀림없이 내가 뒤에서 사주했다고 생각할 텐데…… 이렇게 생각하니 얼굴이 화끈거렸다. 탄원서를 전달하러 갔다던 노조 위원장이 돌아왔을 때는 무슨 그런 쓸데없는 짓을 했느냐고 화까지 냈다. 하지만 마음속으로는 '역시, 의리는 노조가 있구만'이라고 생각했다. 노조 위원장이 말했다.

“K사장, 그 양반 참 이상한 양반입디다. 사장님이 우리를 뒤에서 사주한 것으로 생각하는 것 같아요. 내가 누구 사주나 받을 사람인가? 나 참!”

그때 나는 지천명, 쉰하나였다.

‘아무것도 아닌 사람’이 될 위기

25년, 사반세기를 돈 버느라 바빴는데도 지금 나는 돈 없어서 큰일이다. 직장이라는 곳이 그렇다. 아무리 열심히 다녀봐야 받는 돈이라는 것이 뻔하다. 딱 밥 먹고, 옷 입고, 잠자고, 어렵게 애들 가르치고 나면 끝이다. 세상 어느 나라건 어느 시대건 동서고금 다 그렇다. 회사란 조직은 나라 안팎으로 돈 몇 푼을 두고 치열하게 경쟁한다. 간발의 차이로 회사 자체의 생사가 갈리기도 한다. 멋모르고 봉급을 팍팍 올려주다간 금방 망한다. 봉급쟁이들의 호주머니가 가벼울 수밖에 없는 이유다. 이런 봉급쟁이 호주머니를 털어먹고 살아야 하는 자영업자라고 형편이 좋을 리가 있는가. 그러니 누구든 모은 돈이 있을 리 없다. 돈벌이를 마칠 때가 다 되어도 사정은 물론 나아지지 않는다. 베이비부머 누구나 그렇다.

내일 모레 직장을 그만두어야 하는 대한민국 베이비부머들의 수중에 있는 것이 평균 3억 4천만 원 정도인데 이 중 2억 9천만 원이 살고 있는 집에 묶여 있다고 한다. 현금이라야 5천만 원 남짓 쥐고 있는 셈이다. 이 돈을 우리가 앞으로 살아가야 할 최소 30년, 360달로 나누면 월 15만 원도 안 된다. 한 달에 15만 원이라…… 쥐꼬리 국민 연금 합해봐야 5~60만 원, 하루 2만 원…… 미칠 일이다.

딱 한 채 남은 내 집이란 것도 빚투성이다. 턱에 찰 만큼 빚을 얻어서 아파트를 산 데다 목돈이 필요할 때마다 집을 담보로 빚까지 얻어 써버렸지 않은가. 아직도 10년은 이 만신창이 아파트 이자를 내며 원금도 갚아야 한다. 더 작은 곳으로 옮기려 해도 헐값으로나 내놓으면 모를까 보러 오는 사람도 없다. 어쩌다 팔린다 해도 세금 내고 부동산 비용 제하고 나면 괜히 집만 줄었지 빚은 정리도 못하는 우스운 꼴이 된다. 직장 생활 25년 끝에 빈손이 된다.

그럼 출세라도 했는가? 우리가 25년을 보낸 피라미드 조직, 직장이란 곳이 어떤 곳인가. 아랫자리는 많고 윗자리는 적어 사다리를 올라가면 갈수록 자리는 줄고, 그 자리를 차지하지 못하면 내 자리가 없는 구조 아닌가. 그리고 인간이 어떤 동물인가. 아래에서는 못 올라가게 바짓가랑이를 잡아끌고, 위에서는 못 올라오게 흙발로 머리를 짓이기는 구조가 이 '인간 사다리'의 바른 정의다. 그러니 이런 말이 있다. 별을 달려면, 그러니까 군인이 진짜 별을 달건, 판검사가 부장이 되건, 회사원이 임원이 되건, 공무원이 국장이 되려면 일주일에 최소 두 번, 한 번에 폭탄주 다섯 잔씩, 1년에 적어도 500잔을 20년 동안, 합이 총 10,000잔인 폭탄주를 '원 샷'해야 한단다. 듣고 보니 그렇다. 때마다 대통령을 당선시킨 진골 성골 지역에서 태어나 스카이 학벌이라도 없다면 폭탄주와 흰 봉투가 정답 아닌가? 어떻게든 힘센 떼거리에 들어가려고 이 당 저 당 당적을 바꾸는 것이야 당연지사고, 본적지며 학벌, 심지어는 종교까지 불교에서 기독교로, 이슬람교로, 또 불자 회장이 신우 회장으로 수시로 바뀌지 않는가.

우리나라 인사 프로세스의 공식, 아마 누구나 알고 있을 것이다. 힘이 필요한 일이 생기면 먼저 국회의원 한 사람을 어찌어찌 소개받아 친한 척하는 사이가 된다. 어찌 의원님을? 실은 이것처럼 쉬운 게 없다. 국회의원들은 누구든 간에 즉시 형님 아우가 되기 때문이다. 어떻게? 글쎄, 그것은 내가 직접 해보지 않아서 잘 모르겠다. 어쨌든 국회의원의 형님 아우가 되는 것이 식은 죽 먹기인 것만은 확실하다. 길어야 10분 만에 일단 형님 아우가 되고 나면 "이번에 어느 자리로 가고 싶은데 의원님께서 도와주셔야겠습니다. 은혜는 백골난망 절대 잊지 않겠습니다." 하고 부탁을 한다. 백이면 백, 은혜는 백골난망 절대로 잊지 않겠단 말을 꼭 붙인다. 부탁을 받은 형님

의원님은 해당 기관장한테 전화를 걸어 "이 친구 내 이종 동생인데 말이야"로 시작한다. 안 해주면 재미없다는 냄새도 슬쩍 풍긴다.

　전화를 받은 기관장은 속으로는 '미친 놈, 동생은 무슨 얼어 죽을 동생이 그렇게 많아.' 하면서도 좋은 게 좋은 것이고 혹 있을지도 모를 후환이 마음에 걸려 "아, 존경하는 의원님, 역시 존경스러운 말씀이십니다." 한다. 그리고 평소에 잘 훈련시켜 놓은 망나니를 시켜 슬슬 행동을 개시한다. 먼저 한 놈을 솎아내야 자리가 생기니 우선 솎아내기 작업을 시킨다. 평소 별로 굽신굽신하지도 않고, 지 혼자 실력 있는 체, 깨끗한 체 하면서도 빽 없고 돈 없는 놈이 타깃이다. 일생에 도움이 되지 않는 놈 아닌가. 진즉부터 '언제 저 꼴 보기 싫은 자식을 잘라버리지?' 하고 마음에 두고 있기에 대상자를 새삼스레 물색할 필요 같은 건 없다. 망나니 자식한테 "이 친구 어때?"라고 한마디 던진다. 영악한 조직의 실세 망나니가 눈치를 못 챌 리가 있는가. 이 친구가 얼마나 형편없는 인간인지를 과학적 증거를 대서 증명한다. 과학적 증거라는 것이 고작 이 친구는 삼류 대학을 나왔고, 마누라와 사이가 나빠 가정이 불안하고, 어느 지역 출신이라 빽도 없어 잘라도 찍소리도 못할 거고 이런 식이다. 어르신도 이미 다 알고 있는 증거다.

　어르신이 확신을 굳히고 결행의 뜻으로 턱을 끄덕이면 망나니 자식은 충성심에 벅차 대상자에게 어른의 뜻을 은밀한 척하며 전한다. 은밀? 웃기는 소리다. 이미 뒤로 소문이 파다하다. '기관장이 신임하지 않는다, 나이가 몇이냐, 천수를 누렸다, 조직과 후배를 위해 스스로 용퇴해 달라.' 등등 말도 안 되는 소리로 나가 달라고 한다. 이 불쌍한, 빽도 돈도 없는 인간은 처음에는 '후배를 위해 용퇴? 누구 좋으라고? 웃기고 있네.' 하며 제법 성깔을 부려본다. 그러나 이미 그만둔다는 소문이 기정사실로 굳어진 후다. 철없는 후배들조차 '저 인간 아직 붙어 있어?' 하며 수군대기 시작한다. 잠시 발끈했던 당사자도 선배들이 모멸과 수모를 당하다가 결국 용퇴할 수밖에 없었다는 것을 학습으로 알기에 며칠 고민하다가 꼬리를 내린다. 모멸을 주는 방법도 별 거 없다. 무조건 비리 캐기다. 똥 묻은 개가 겨 묻은 개 나무라는 격이다. '5년 전에 집 근처 어디서 법인카드로 설렁탕 먹었지? 가족들끼리 먹은 거지?' 아니면 '그때 그 러브호텔에서 나하고 마주쳤잖아.' '마누라 피아노 학원 세금은 어떻게 됐나?' 심지어는 '마누라와 사이가 좋지 않다며?' 뭐 이런 거다.

이런 인사공식도 모르고 일만 열심히 하는 사람이 있다면 '지나 나나 실력에 뭔 차이가 있어, 먼저 인간이 되어야지. 한국 사람은 한국 사람처럼 살아야지, 여기가 미국이야?' 하며 합동으로 비웃는다.

정작 청탁을 받은 '존경하는' 의원님은 어쩌다 식당에서 얼굴이라도 마주치면 자기 이종, 고종 동생도 기억 못하고 "우리 어디서 봤지요?” 하고 묻는다. 그렇게 물레방아처럼 돌아간다.

　　여기 ‘의원’과 ‘기관장’을 가령 혈연, 지연, 학연, 종교 연 그 밖의 수많은 연, 연, 연으로 바꾸면 어느 분야 어느 조직에서나 통하는 오늘날 대한민국 인사공식이다. 한편 연도 없이, 폭탄주 제조도, 돈 봉투 찌르기도 낯 뜨거워 못 하고 열심히 일만 해서 별을 단 사람이라면 그는 정말 특출하게 똑똑한 사람일 것이다. 그게 아니라면 봉사가 문고리를 잡은 거든지. 그리고 나머지 99퍼센트는, 즉 착하고 정직해서 출세조차 못 한 사람들은 내일 모래 육십에 깡통 계급장을 달고 직장을 나올 수밖에 없다. 평생을 죽어라 일한 끝에 돈도, 이름도, 대책도 없이 직장을 나와 가족의 품으로 돌아온다. 종신 가정의 날이 이어진다. 막걸리와 텔레비전을 친구로 삼아 세상을 탓하니 몇 년 안 되어 형색은 초라해지고 눈동자는 생기를 잃는다. 세상 누구도 관심을 갖지 않는 ‘아무것도 아닌 사람’이 된다.

"백구야, 아빠 잘렸다."

잘리는 횟수가 쌓이기 시작했다. '낭만 그레이' 운운하며 허송세월하는 게 마음 편할 리가 없다. 몇 년간 당연한 것이었던 비서와 세단과 기사가 내 곁을 떠나자 분통 터지는 일이 한두 가지가 아니었다. 올챙이 몸에 다리가 생겨 개구리가 될 때는 '어, 뭐야?' 하면서도 당연하게 여겼는데 다시 다리가 잘리자 올챙이도 개구리도 아닌 이상한 생물이 된 꼴이었다. 복잡한 시내를 가도 아무데서나 차를 내리며 "이따 이 자리로 와." 한마디만 하면 되었는데 이제는 좁아터진 지하 주차장에 직접 주차까지 하려니 사소한 일에서도 화가 치밀었다. 옆 차 운전자가 경적이라도 울리면 욕이 절로 나왔다. 동사무소, 은행, 등기소, 심지어는 세무서 갈 일이 왜 그리도 자주 생기는지, 갈 때마다 순위표를 뽑아들고 조바심을 내다가 죄 없는 창구 직원한테 싫은 소리를 하기 일쑤였다. 참 이상한 사람 다 보겠다는 듯 나를 빤히 쳐다보는 직원에게도 사실은…… 창피했다.

세상에 창피했다. 누구보다 죽마고우 희수한테 제일 부끄러웠다. 40년을 돌가루로 누드화만 그리는 이 녀석은 내가 엄청난 출세나 한 줄 아는지 나만 보면 그림 한 점 사달라고 징징댔다. "깨댕이 벗은 것을 어따 거냐?" 하고 더 이상 말도 못 꺼내게 막아버리지만 사실은 이놈 그림 팔아주려다 망신도 좀 당했다.

한 번은 거물 회장님께 말씀을 올렸다. "제 고향 강진이 '남도 답사 일 번지' 예술의 고장인 것은 아시죠. 우리 고향 집에서 화가 '남농'이 초등학교 다녔어요. 남농의 아버지 '미산' 선생이 우리 집 사랑채에 기거하셨대요. 이것이 제 죽마고우의 작품인데 개 같은 진짜 예술가는 미술대전 같은 건 안 나간 답니다." 이 양반 열심히 듣는 척하시다가 "회장님께서 한 점 사주시면" 하는 대목에서 엉뚱한 곳을 쳐다보시며 "김 사장, 당신도 참 속이 없구만." 하신다. 하긴 그룹 사옥 현관에 걸리면 온 직원들의 마음이 하루 종일 싱숭생숭할 이런 그림을 그룹 회장이 돈 들여 산다는 게 말이 되는가. 실은 다른 긴한 부탁 때문에 간 건데 친구 그림 영업해주느라 무안만 당하고 정작 본론은 꺼내보지도 못하고 나와야 했다.

내가 국회의원이라도 하면 그 김에 크게 한 건 해먹을 요량인지 "니만 잘 되면 나도 풀리제"를 반복하는 이 친구가 '나 이런 친구도 있다’며 폼 잡을 일이 없어졌다. 이 친구의 영원한 ‘히어로’였던 나야말로 면목 없게 되었다. 아파트 경비원한테도, 동네 안경집 아주머니한테도, 이발소 이용사한테도, 심지어 공원의 나무, 길가의 보도블럭까지 누구에게나 무엇에게나 창피했다. 고향집 백구한테도 “아빠 잘렸다. 인제 참치 통조림도 사주기 힘들어.” 하니 이놈만은 변함없이 꼬리를 흔들며 내 얼굴을 핥아준다. 목을 붙들고 서로 얼굴을 비빈다. 껴안고 흙 마당을 뒹군다. 내 마음을 아는지 저도 울고 나도 운다. 그래, 백구 너만은 아빠를 깔보지 않는구나.

새로운 버릇이 하나 생겼다. 틈만 나면 종이 위에 직선을 긋고는 1부터 지금 내 나이 56까지 써넣고 그때마다 나에게 일어난 일이나 잊지 못할 추억 등을 써넣어 보았다. 내 인생을 정리하고 반추해보는 일종의 의식이랄까.

　　두 살을 지날 때였다. 아들의 늑막염이 잠자리를 통해 며느리에게 도질까 봐 엄마를 떠밀어 친정에 가 있으라고 했다는 할머니와 청상 할머니 등쌀에 나를 데리고 친정에 피해 있었다는 엄마가 생각났다. 시작부터 눈물이 비 오듯 쏟아졌다. 두 살 배불뚝이였던 내가 외갓집에서 하루 종일 울기만 하니 외할머니가 “이 애기가 머슬 아능갑다.” 하며 한숨을 쉬었다고 했다. 반은 소박맞아 아들 하나를 달고 돌아온 딸을 바라보는 외할머니의 마음은 어땠을까. 눈시울이 식을 줄을 몰랐다. 10여 년을 훌쩍 뛰어넘어, 이때는 종로의 고입학원. 이때는 경복궁 향원정 옆 으슥한 벤치에서 자기가 버들 '류'씨가 아니고 묘금도 '유'씨라고 말하던 여고생과의 생애 첫 키스가 떠올랐다. 송건호, 리영희, 김지하, 안병직, 모택동, 고은의 그 미끄덩한 언어들…… 그리고 서정주의 농익고 질펀한 언어들, 최루탄과 페퍼포그, 군대, 결혼, 유학, 흑인들의 세상 애틀랜타에서 일했던 편의점 캐셔의 나날들, 러시모어 산에 가서 보았던 큰 바위 얼굴, 그리고 마누라를 따돌리고 비서 루시 머서와 연서를 주고받았던 미국 역사상 유일하게 4선까지 지낸 대통령 프랭클린 루즈벨트의 휠체어 탄 얼굴도 떠올랐다. 영부인 엘리너는 남편의 외도에 격분했지만 이혼하지 않고 여기자 로레나 히콕과의 동성애로 맞바람을 즐겼다. 플로리다 남부에 있는 키 웨스트 바다…… 그리고 가는 곳마다 애인을 둔 헤밍웨이도 생각났다. 사랑과 야망, 혹은 탁월한 업적과 사랑에는 무슨 함수관계라도 있는 게 아닐까? 연이어 지금까지 내가 만났던 추억의 사랑들도 떠올려보았다. 아스라이 눈을 감았다. 행복했던 시절이 생생했다. 예닐곱 명의 얼굴이 스쳐갔다. 이 정도면 나도 루즈벨트나 헤밍웨이처럼 '훌륭한' 사람이 될 자질이 충분한데 왜 나는 밥벌이나 좇아 떠돌고 있는가.

　이겼다고 하기도 졌다고 하기도 그렇고, 행복했다고 혹은 불행했다고 하기에도 그런 나의 지난 50년이 주마등처럼 흘렀다. 총점을 내보면 결국 반타작도 빠듯한 삼 할 타작이라고나 할까. 그래도 100점 만점에 한 30점은 넘는구나.

　직장에서 세 번 잘리고, 내가 직장을 세 번 잘랐다. 스코어로 말하면 3:3 동점이다. 말이 그렇지 사실은 '육패 무승'이다. 내가 직장을 잘랐다는 세 번도 사실은 정리해고 당하기 직전에 선수를 친 것일 뿐이기 때문이다. 특별한 사람의 일로만 알았던 '칠전팔기'가 바로 나의 경우였다. 아니다. 앞으로 30년, 30전 31기 정도는 해야 내 인생이 끝나려나. 무슨 노벨 문학상에 도전하는 것도 아니고 단순히 먹고 살자는 것뿐인데 이렇다.

대한민국에서 아버지로 산다는 것에 대해

동네 편의점 의자에 60대 노동자 풍의 아저씨 두 사람이 앉아 막걸리를 앞에 놓고 원조 경상도 사투리로 "와 결혼만 하먼 아덜은 부모 웬수가 되노?" 한다. "다 가스나들 때문이지 머." 하며 다른 한 사람이 긴 한숨을 내뱉는다.

한 집에 예닐곱씩 되던 우리는 '지 밥그릇 지가 가지고 나와' 팔할은 스스로 자랄 수밖에 없었다. 공부도, 돈벌이도, 결혼도, 취직도 쌀 한 가마니 없는 빈털터리로 스스로 했다.

그런 우리가 '내 자식만은 나와는 달리……' 하다가 부모한테 생색내며 공부하고, 생색내며 결혼하고, 생색내며 애를 낳는 이상한 아이들로 만들어버렸다. 물론 스스로 자청해서 허리가 휘고 있으니 뭐라 할 말도 없다. 이 모든 게 결국 돈 때문이다.

옛 직장 동료의 아들 결혼식 피로연에서 갈비탕을 먹으며 선배가 말했다.

"저 친구 돈이 없나봐."

"왜요?"

"그럼 이런 데서 아들을 결혼시킬 리가 있어? 다들 호텔에서 하는데."

"그러게요. 나 같은 놈은 새끼들 결혼도 못 시키겠어요. 결혼식 비용만 1억이 든다니. 그리고 전세 정도는 얻어줘야 한다는데 서울에서 전세 얻으려면 2억도 부족하다는데 어떡하죠?"

"그러게, 큰일이야."

우리의 대화는 이렇게 한숨으로 끝났지만 어쩌겠는가. 오죽하면 돈 덜 들이고 결혼하려고 임시로 교회에 나가고 성당에 나가겠는가. 한 사람당 10만 원이 넘는 식사 값 때문에 봉투만 보내고 안 가는 것이 도와주는 것이라는 소리까지 나온다. 자식들 체면 살려주자니 돈이 없고 형편대로 하자니 자식 체면이 뭐가 되냐는 소리나 듣고, 이게 대한민국 부모의 딜레마다.

다 큰 놈들이야 그렇다 치고 귀때기 피도 안 마른 것들은 또 뭐 아빠가 자기들하고 소통, 공감이 부족하다나? 보자보자 하니 끝이 없다.

"야 이놈들아, 소통과 공감은 너희들이 아빠한테 해야지 아빠가 너희들한테 하냐? 너희들만 힘든 줄 알아? 아빠는 공장일, 막노동, 구두닦이, 심지어 넝마주이까지…… 그렇게 해서 집 사고, 너희들 따뜻한 밥 먹이고 재우고 키워서 대학 보내고 그것도 모자라 너른 세상 봐야 한다고 해서 배낭여행 보내고, 해외 어학연수 갔다와야 취직 된대서 그것도 보내고, 성형 수술해야 면접 잘 본다고 우겨서 팔자에 없는 수술까지 시켜주고, 그래도 안 되니까 이젠 전공이 취미에 안 맞으니 전공 바꿔 유학 가서 공부를 계속 하겠다니…… 차라리 이 아빠를 팔아서 하든 말든 알아서 해라."

어느 날은 누나가 한눈에 보아도 싸구려인, 무슨 퀼트 이불처럼 이어붙인 밍크코트를 하나 걸치고 집사람한테 옷 자랑을 늘어놓더니 나한테 말을 걸었다.

"느그 매형 꼴 보기 싫어 죽겠다."

"왜? 그 여자가 또 전화해?"

"다 늙어서 무슨, 어떤 년이 데려가 버리기라도 했으면 좋겠다."

"그럼 왜?"

"하루 종일 집에 틀어박혀 통 나가려고 안 해서 미워죽겠다. 손 하나 까딱 안 하고 밥 달라 커피 달라 어디 나갈 수가 있어야지. 귀찮아 살 수가 없어."

"뭐라고? 아니 그게 무슨 소리야. 30년을 처자식 먹여 살리려 죽을 고생하다가 이제 겨우 숨 좀 돌리려는데 어떻게 말을 그렇게 해. 내가 보니 그 집에서 나가야 할 사람은 매형이 아니고 누나야."

어디 우리 누나뿐일까. 남편 봉급 끊어지고 힘 빠지니 구박할 줄만 알았지 창피해서 죽고 싶은 남편의 마음은 눈꼽만큼도 이해 못 하고 아직도 세계여행 꿈꾸고, 올레길이 어떻고, 백화점에 줄 서고, 카페에서 수다 떠는 아내들을 어찌할꼬.

내가 이런 소릴 하면 집사람은 늘 나보고 속물이란다. 돈 걱정 에서 헤어나지 못한다는 것이다. 애들 공부는 아파트 팔아서 해주 고, 애들 자라면 시골 내려가서 텃밭 가꾸면서 책 읽고 여행하고 그 림 그리고 사진 찍으면서 살면 되지 않겠냐고 한다. 장남을 몰라줘 도 너무나 몰라준다. 부모님이 돌아가시자 집안 모든 일이 장남인 내 책임이자 걱정이다. 심지어 여동생이 매제하고 싸워도 둘 다 나 한테 전화해서 "못 살겠어요." 하소연한다. 서로들 자기 남편, 자기 아내 성격이 왜 그런지 모르겠단다. 나라고 지들 남편, 아내 성격이 왜 그런지를 어떻게 아나. 그래도 내가 친정 큰오빠 아닌가. 혹시 내 동생한테 싫은 소리 하면 어쩌나 싶어 매제한테는 말도 못하고 "니 가 잘해야지." 동생만 타이른다. 속으로는 '자식, 여자 기분 하나 못 맞추나?' 한다. 제수씨가 새벽 1시에 울면서 전화해 "시숙님 아무래 도 헤어져야겠어요." 하면 "제수씨, 그 자식이 또 말썽입니까. 그 자

식 그 자리서 꼼짝 말고 기다리라 하십시오”라고 한 다음 KTX 타고
시골로 출동한다. 돌이킬 수 없는 상황이 되어버리면 큰일 아닌가.
일단 나이 쉰이 다 된 동생 놈의 핸드폰을 빼앗아 ‘보고싶은 ○○씨’
로 시작하는 녹원 다방 신임 레지의 메시지부터 확인한다. 이처럼
형사에 버금가는 수사에는 수순이 제일 중요하다. 무엇보다 동생 놈
의 심리 상태를 잘 파악해야 한다. 메시지를 지우지 않고 가지고 있
다면 지우기가 아까울 정도로 심각한 관계라는 심증을 굳혀야 한다.
그리고 너무 몰아치면 이 녀석이 어느 쪽으로 튈지 모르니 조심스
럽게 수사를 개시해야 한다. 덜컥 “형 나도 못살겠어. 나 이혼할래.”
하며 형의 수사조차 거부하고 사랑의 도피 행각이라도 벌인다면 그
다음은 수습 불가가 아닌가. 평소에 착한 놈이 독이 나면 더 무섭지
않은가. 그래서 그래도 형은 네 편이라는 무언의 신호를 보내며 우
선 살살 달래야 한다. 제수씨 앞에서는 “야, 너 동네 창피하지도 않
냐? 너 이따위 짓 다시 하면 형도 이젠 제수씨 말릴 생각 없다”며 노
발대발 호통쳐야 한다. 내 노발대발에 겁 먹은 제수씨가 “시숙님 저
도 속이 좁았던 것 같습니다.” 할 때가 제일 중요한 시점이다. “그래
요. 제수씨도 더 잘 해야지요.” 했다간 지금까지의 과학 수사가 도로
아미타불 된다. 한 번 더 동생을 나무라며 제수씨 편을 들어야 한다.
그리고 돌아올 때는 시무룩한 동생이 안쓰럽기도 하고, 다음번 형의
수사에도 큰 저항 없이 응하도록 5만 원짜리 몇 장 쥐어주며 피는

물보다 진하다는 것을 보여주어야 한다.

미국 사는 여동생이 삼겹살 집 사업 자금이 부족하다며 다른 형제를 통한 간접화법으로 '우리 집에서는 다른 집처럼 돈도 좀 안 부쳐주고 뭐하는지 모르겠다'라고 섭섭함을 내비치더란다. '출가외인이 친정 부모도 아닌 오빠한테 무슨 소릴 하는 거야. 으이구.' 하고 속으로 욕하면서도 혹 이국땅에서 시댁 타박이라도 들을까 봐 집사람 몰래 얼마라도 부치는 것은 다 돌아가신 어머니 생각에서다.

초등학교 2학년 때인지 3학년 때인지 하여튼 아직은 춥지 않은 가을, 큰 외삼촌이 소달구지에 나락 가마니를 가득 싣고 엄청나게 굵은 통나무까지 얹은 채로 우리 집 마당으로 들어섰다. 키 크고 얼굴도 잘 생긴, 지리산 빨치산 토벌대장 출신 경찰 큰 삼촌이 소코뚜레를 직접 잡고서였다. 며칠 전 외갓집에 간 엄마도 그날은 고운 한복을 입고 큰 외삼촌 소달구지를 뒤따라 들어왔다. 외삼촌은 집에 들어오자마자 마당 한 가운데서 대청마루에 앉아있는 할머니한테 큰 절을 했다. '내가 친정에서 가져왔습니다.' 하는 신고식이었는지도 모르겠다.

틀림없이 큰 삼촌이 아버지한테서 나락을 빌렸고 아버지의 독촉을 받은 엄마가 친정 큰오빠한테 가서 한바탕 사단을 낸 것이리라. 친정 큰오빠는 하나밖에 없는 자기 여동생이 혹 시댁에서 눈치라도 받을까 서둘러 여기저기서 나락이란 나락은 다 모아, 거기다

사돈댁 안어른께 동생 좀 잘 보살펴달라고 외가 선영에서 제일 큰 아름드리 소나무까지 잘라 덤으로 가지고 왔을 것이다. 친정 오빠한테 빚 독촉 간 엄마의 마음을 생각하면 나도 내 여동생한테 몇 십만 불이라도 덥석 쥐어주고 싶지만 형편이 어림없을 뿐더러 집사람이 응해주기나 하겠나.

하다못해 고향 선영도 내 돈이 안가면 억새풀에 덮여 봉분을 찾아보기도 어렵고, 여름 장마에 넘어진 우리 집 담도 1년이 지나도 그대로다. 서울에서 친척 경조사가 있으면 당연히 "오빠, 내 것도 좀 넣어줘." 하는 것은 전에 아버지 살아 계실 때 "너하고 내 이름 둘 써서 내라." 하던 그대로다. 이것이 대한민국 장남이다. 역사 이래 석가모니도 예수도 마호메트도 해결하지 못하고, 아니 안 하고 장남들 다 죽게 내버려두니 마지막으로 하늘님에게라도 빌어보면 들어주시려나.

"하늘님, 대한민국 장남들 좀 살려주세요!"

부모를 잃는 것은 도망칠 품이 사라지는 것

어느 날, 밤 11시에 아버지에게서 전화가 왔다. 9시 뉴스도 다 못 보고 주무시는 분이 웬일이지 싶었다. "무슨 일 있어요?"라고 물었다. 예전부터 아버지와 나의 사이는 깊은 정이 없다고나 할까. 꽤 사무적인 데가 있었다.

서울에서 고모부 친구들이 고서화를 구경하러 우리 집에 찾아온 적이 있었다. 친구 분들은 몸뻬 차림으로 두엄에 인분을 섞고 있는 엄마를 보고 이렇게 큰 기와집의 주인이 저 여자일리는 없다고 생각했던 모양이다. 대문을 열어주는 엄마더러 주인은 어디 계시냐고 물었다는 것은 시골이니까 충분히 일어날 수도 있는 일이다. 또 할머니가 아들만 감싸면서 엄마에게 독한 소리를 한 것도 충분히 이

해한다. 모정에, 청상에, 그리 할 만하다고도 생각한다.

그러나 아버지에게 다른 여자가 있었다는 사실은 어린 나를 죽고 싶게 만들었다. 지금도 죽고 싶고 죽이고 싶다. 뼛속 깊은 내 우울의 팔 할은 사실 아버지의 '작은 각시' 그 여선생 때문이다. 사소한 일에도 욱하는 충동도 그 여자 때문이다. 그리고 엄마가 일찍 세상을 뜬 진짜 이유도 단순히 일을 많이 해서라기보다는 그때의 상처 때문이라고 나는 내심 생각한다. 사랑채 쪽방에 기거하는 젊은 인텔리 여성과 전정가위로 꽃나무나 가꾸는 멋쟁이 자기 남편…… 두 사람을 높은 담 너머로 두고 엄마는 약 5리는 떨어진 한 섬지기 밭으로 갔다. 동네 아짐들하고 밭을 매면서도 집 쪽을 흘깃 훔쳐보고 있었을 엄마의 마음을 생각하면 지금도 걷던 걸음이 멈춰진다. 그 상태로 한참을 멍하니 서 있곤 한다. 그렇지만 나는 지금까지 한 번도 이 일을 아버지, 형제들, 집사람은 물론 그 누구에게도 말한 적이 없다. 이제 내가 당시의 아버지보다 열 살이나 많은 나이가 되어보니 '그래도 그 양반이 세상을 제대로 사셨네.' 하는 생각까지 들 때도 있다. 서른여덟의 유부남 청마 유치환이 같은 학교에서 가정을 가르치던 미망인 이영도를 사랑한 사건은 플라토닉 러브니 뭐니 해서 지금까지도 뭇 사람의 입에 오르내리며 흠모까지 받는다. 그런데 부유한 유부남 시골 멋쟁이와 도시에서 내려온 처녀 선생의 더 절실했을지도 모를 사랑은 왜 나의 가슴을 이토록 아프게만 하는가. 어쨌든 아버지와 나 사이에 있었던 '보이지 않는 삼팔선'이 모두 아버지와 그 여선생 사이에 있었을 것 같은 사랑 때문인 것은 분명하다.

불효자인 나일망정 아버지가 혼자 계시니 늦은 밤이나 새벽에 전화만 울려도 깜짝 놀라고, 비만 좀 와도 지붕이 새지는 않았는지, 담이 허물어지지는 않았는지, 혹 술이 과해 추운 날씨에 길거리에 쓰러지지는 않았는지, 방은 따뜻한지 걱정이 되어 잠을 못 이룬다. 이런 걱정은 우리 세대 너 나 할 것 없다. 날마다 조마조마 지내던 차에 밤늦게 전화를 받으니 가슴이 철렁했다. 아버지가 말했다.

"별 일 없지야?"

"무슨 별 일이 있겠어요. 주무세요."

이 정도 대화였다. 한 10초 정도나 될까. 전화를 끊고 다시 잠이 들었다. 그런데 다음날 아침 7시에 아버지가 돌아가셨다는 시골 동생의 전화를 받았다. 가슴이 덜컹했다. 내가 아버지를 죽였구나. 외로워 죽고 싶다는 아버지의 비명을 못 듣고 혼자서 쓸쓸히 막걸리만 마시는 아버지를 내가 모르는 체 하고 방치했구나. 춥고 배고프고 외로워 스스로 당신 목숨을 끊으신 것이 틀림없구나. 후회가 막심했다. 그러나 한낱 인간이 지나간 시간을 무슨 수로 돌릴 수 있겠는가. 나는 지금도 '미필적 고의에 의한 부친 살인'이라는 내 스스로가 내린 죄목으로 마음의 무기 징역형을 받고 수감 중이다.

시골집에서 친구들과 윷놀이를 하며 잘 지내시던 할머니를 내 딴엔 잘 모시고 싶은 마음에 굳이 답답한 우리 집으로 모셔왔다. 어느 날 퇴근하고 집에 들어오니 종일 나만 기다리고 있던 할머니가 뜬금없이 "새집 오빠 오셨소?" 하며 반겼다. 나는 할머니가 웬 '새집 오빠'를 찾나 싶었지만 그땐 별 생각없이 넘어갔다. 그러던 어느 날 새벽, 마루에서 나는 인기척에 잠을 깨 거실로 나갔다. 할머니가 화장실 쓰레기통 휴지를 모두 꺼내 거실에 길게 늘어놓고 있었다.

"할머니, 왜 그래?"

"집에 갖고 가야 쓰것다."

그 순간 울음이 터져버렸다. 우리 할머니가 노망이 났구나. 그날 이후 할머니는 새벽 2시고 3시고가 없었다. 밭 매러 가야겠다고 '호맹이'를 찾았다. 붙잡고 안고 울며 소리 질러 봤지만 어디서 그렇게 센 힘이 나오는지, 힘이 장사였다. 현관문을 막고 할머니가 밖으로 나가지만 못하게 지켜보는 수밖엔 도리가 없었다. 할머니 스스로 제정신으로 돌아와 다시 집안에 평화가 오는 데는 한참이 걸렸다.

시골 동생이 갤로퍼에 요를 깔고 와서 할머니를 업고 갔다. 그렇다고 문제가 끝난 것은 아니었다. 할머니를 누가 돌봐야 하나? 엄마가 계셨더라면 고민할 필요도 없는 문제였지만 이미 돌아가신 뒤였다. 비용은? 형제 중 누구도 이 문제에 대해 말을 꺼내지 않았다. 좀 산다는 여동생은 미국에 있고, 누나는 매형 회사일로 인도네시아에 있고, 아직 자리도 못 잡은 형제들에게 갹출을 강요할 수도 없는 일이었다.

'그래, 내가 맏이다. 가는 데까진 가 보자'라고 결심하고 당시 공무원 과장 봉급 110만 원 중 60만 원을 시골 아주머니에게 간병비로 보냈다. 필요하면 언제든 쓰라고 동생에게 카드도 내주었다. 28평 전세에서 개포동의 11평 전세로 집을 옮겼다. 그렇게 10년 전의 빈털터리로 다시 돌아갔다.

형제 중 혼자만 대학 공부했다는 죄로 막내인데도 어머니를 모시고 있는 내 친구 종호는 주말이면 전화를 안 받는다. 파주 요양원에 계시는 어머니를 보러 가야 하고, 또 부인이 장녀라서 여든이 다 된 장인과 장모님, 100세가 다 된 치매노인 처 할머니도 보살펴야 하기 때문이다. 어머님이 급해 응급실에 모시고 대기하고 있는데 장인어른이 또 쓰러지셔서 하룻밤에 한 응급실에서 두 어른을 모신 적도 있다고 했다. 얼마 전에는 사당동 주민센터에서 할아버지 한 분이 길가 모퉁이에 앉아 있어서 모셔다 보호하고 있다는 전화를 받았단다. 이 친구의 일흔다섯 된 큰 형님도 치매가 시작된 것이다. 초췌한 얼굴의 친구와 어렵게 약속을 잡았다. 순댓국에 막걸리 한 잔을 나누면서 "몸 움직이지 못하게 되면 우린 애들 귀찮게 하지 말고 알아서 죽어주자"며 긴 한숨을 쉬었다. 집집이 모두 그렇다. 전문직들은 경제적 여유가 있다는 죄로, 싱글 남녀들은 그냥 혼자 산다는 죄로, 가난하게 사는 자식은 가난하게 산다는 죄로 부모들을 떠맡고 있다. 죽을 맛이다.

하지만 말이 죽을 맛이라는 거지 어찌 우리들 마음속까지 그렇겠는가. 할머니를 목욕시킬 때마다 '이 짓이 언제 끝나나.' 하고 울었는데 막상 시골 셋째한테 맡기고 나니 그게 아니었다. 욕조에 미지근한 물을 받아 할머니를 목욕시키고 수건으로 쭈글쭈글 주름투성이의 몸을 닦는다. 머리칼을 헤어드라이어로 말리고 고실고실한 옷으로 갈아입히면 그다음 코스는 내가 세상에서 제일 행복한 때였다. 삐쩍 마른 할머니를 내 품에 꼭 껴안고 "함마니, 함마니, 함마니" 하며 뽀뽀하고 젖을 만지는 그 감촉이 그리워 매일을 엉엉 울었다. 돌아가신 지 20년이 넘었지만 아직도 막 밭에 갔다 온 몸뻬 차림으로 동네 골목 끝에서 나에게 '이리오라'고 손짓하는 엄마가, 잔칫집에서 '한까치'에 싸온 팥밥이며 사과 쪼가리를 세상에서 가장 기쁜 얼굴로 제비 새끼 같은 우리 형제에게 먹이던 할머니의 모습이 꿈에 나오곤 한다. 어머니, 아버지, 할머니, 할아버지란 이런 존재가 아닌가. 대한민국의 장년들이 나이 든 부모님을 마음처럼 모시지 못해 가슴이 찢어지고 있다. 아들이건 딸이건, 맏이건 막내건, 사는 형편이 낫건 못하건, 효자건 불효자건, 국내에 있건 부모 피해 미국으로 도망을 가버렸건 모두가 부모 걱정에 잠을 못 이룬다. 그렇다. 본능적으로 우린 안다. 부모 돌아가시고 고아 되면 이제 이 세상에는 나를 나 자신보다 더 사랑해줄 사람은 없다. 죽을죄를 지었다 쳐도 세상을 피해 마지막으로 도망칠 품도 없다. 기뻐할 일도 기쁘지 않고, 노여울 일도 노엽지 않고, 슬퍼할 일도 슬프지 않고, 즐거울 일도 즐겁지 않다. 맛있는 음식을 본들 부모가 계시지 않는데 무슨 맛인가. 목석처럼 아무 감정도 없는 인간이 된다. 부모가 내 곁을 떠나니 내 몸의 '희로애락'도 나를 떠나버리고 없다. 쫓기는 타조처럼 머리를 박을 부모 품도 사라져버렸다.

세상에 등을 돌리고
혼자가 되었다

나는 '도연명'이 좋았다. '오두미 때문에 허리를 굽혀 향리의 소인을 섬기는 일을 할 수 있을 손가.' 하며 평택현감을 사직하고 무릎 하나 들일 만한 고향집으로 돌아갈 때 그의 나이가 지금의 나보다 열다섯 아래인 마흔하나였다. '무릎 하나 들일 만한', 이 얼마나 멋진 말인가. 이 말에 홀려 나도 언제나 '내 무릎 하나 들일 만한' 고향집으로 돌아가고 싶었다.

소인배들 똥구멍이나 닦어주며 오두미를 구걸하고 싶은 마음은 애초에 없었고 돈벌이를 위해 후배들에게 로비하는 일 또한 없을 것이라고 진즉 선언도 해버렸다. 너절하게 이 세상에 아부하며 빌붙을 생각일랑 없었다. 그래봐야 폭탄주 몇 잔 더 먹고, 룸살롱 가서 맛대

가리로는 소주보다 훨씬 못한 양주를 들이키는 정도 아닌가. 아가씨들 팁 주고 기분까지 맞춰주며 실없는 농담으로 저녁시간을 탕진하는 정도 아닌가. 서로서로 어울려 제 돈도 아닌 회사 돈으로 골프 접대 받으며 폼 좀 잡는 정도 아닌가. 그런 짓도 30대 팔팔할 때 해야 좀 봐줄 만하지 이 나이에 무슨 폭탄주며 룸살롱이며 골프장인가. 추하다. '회사로부터 정리해고 당하기 전에 내가 먼저 회사를 정리해고 해버리자.' 이런 정도의 오기는 아직 남아 있었다.

그러던 어느 날 우연히 동네 자전거포에서 옛 직장의 납품업자 사장을 만났다. 사무실에서 마주치면 180도로 허리를 굽혀 인사를 하는 바람에 오히려 내가 어쩔 줄 몰라 했던, 그러면서도 남다르게 느껴 말 한마디라도 따뜻하게 건네려고 했던 사람이었다. 나는 오랜만에 만나 반가운 마음에 먼저 인사를 하며 반겼다.

"안녕하세요. 김 사장님."

"어, 어디서 많이……."

갸우뚱하는 그의 모습에 나는 당황했다. 설마 나를 까먹은 건가? 그게 아니라면 쌍둥이 형제가 있었나?

"저 기억 안 나요?"

"아, 본부장님?"

그제야 가볍게 대꾸하며 성의 없이 인사를 하는 그를 보니 어이가 없었다. 그러더니 괜히 딴소리를 하는 것이 아닌가.

"이 자전거 좋지요? 어제 막 인천 세관을 통과해 왔어요. 천만 원이 넘는 건데 한번 타 볼래요?"

"별 말씀을요. 그런데 자전거가 천만 원 가는 것도 있나요?"

나는 애써 놀라는 표정을 지으며 속으로 생각했다. '야, 이 사람아, 내가 당신 자전거를 왜 타. 신문 봐달라며 신문사 외판원이 준 내 아들 꺼 타지. 하긴 새 사람들한테 잘 보이기도 벅찰 텐데 이미 잘린 내가 눈에 들어오면 그게 비정상이지. 있을 때 잘하라는 말도 헛소리구나. 있을 때 확실히 우려먹었어야 하는 건데…… 잘해줘도 잘리고 나니 병신소리나 듣는구나. 잊자.'

초등학교 때부터 친구라고 부른 이가 몇 천 명은 되었을 것이었다. 나는 종이에다 친구들 이름을 생각나는 대로 적어보았다. 얼굴은 생생한데 이름이 생각나지 않는 애들은 그냥 '正'자에 작대기를 그어 표시했다. '正'자를 서른 개 정도 쓸 수 있었다. 150명이었다. 그중 우리 부모님이 돌아가시면 꼭 알려서 "우리 부모님 마지막 가시는 데 절 한 자리 해라." 하고 이야기할 만한 친구를 다시 골라보니 30명도 채 안 되었다. 내가 죽을 때 처자식 좀 부탁한다고 말할 수 있는 친구는 몇이나 될까 따져보니 비참했다. 긴 한숨을 내뱉었다. 이것이 내가 살아온 모습이었다.

나는 친구의 이름을 하나하나 써놓고 말이 안 되는 가정을 해보았다. '이 녀석을 앞으로 평생 못 만나는 대가로 누가 나에게 현금을 제안한다면 나는 얼마에 제안을 받아들여야 할까?' 집 살 때 은행 보증을 서 달라고 부탁하자 '내가 아니면 누가?'라는 표정으로 무작정 나를 끌고 은행에 가서 액수도 안 따지고 사인부터 했던 준길이…… 이 녀석을 못 만나는 조건이라면 최소한 5천만 원 정도는 받아야지? 준길이가 알면 내가 너한테 그 정도밖에 안되냐고 나를 죽이려 들겠지만 그래도 냉정하게 따져서 더는 안 된다. 눈 딱 감고 5천만 원에 낙찰!

백만 원 정도만 받는다 해도 두말없이 포기할 수 있을 친구도 여럿 되었다. 이렇게 30명의 가치를 모두 더해도 7천만 원이 될까 말까였다. 나의 인생 대차대조표 차변의 '무형 자산' 항에 '친구 7천만 원'이라 적으면 되겠구나. 이 정도 액수라면 자산이고 뭐고 다 잊어버리자. 이렇게 친구도 다 잊기로 했다. 동시에 친구들에 대한 기대, 배신감, 열등감도 다 버렸다.

잊을 것은 또 있었다. 아프고 쓰라리지만 그녀도 잊자. 내가 몇 번을 잘리는 동안 간 쓸개 다 빼줄 것 같던 남자란 인간들은 모두 지 살겠다고 다른 놈한테 또 간 쓸개 내보이고 있는데 그 사람만은 내가 돈이 있으나 없으나 지위가 높거나 낮거나 비가 오나 눈이 오나 바람이 부나 한결 같은 마음을 주었다. 내가 좋으면 너도 같이 좋고 내가 아프면 너도 같이 아프다는 원초적인 감정만이 뼛속까지 외로운 인간이 종교에 기대는 것보다 더한 안식처가 아닌가. 정말이지 인간의 궁극적 목표는 사랑이 아닐까. 그래도 하는 수 없다. '회자정리'라고 하지 않았는가. 결혼해서 딸까지 두었던 만해 선사처럼 이렇게 둘러 부치자. "나는 갑니다. 단풍나무 숲을 향하여 난 작은 길을 걸어 차마 떨치고 갑니다."

세상을 다 끊고 나 혼자가 되었다.

낭만이란 이름의 도피

직장을 나와 세상의 연도 모두 끊어버리고 나니 완전한 자유였다. 나이 쉰둘이 되면 모든 일을 접고 김삿갓이 되어 세상을 방랑하든지 아니면 머리를 깎겠다고 진즉부터 공언했던 내가 아닌가. 나는 인생의 계획표 짜기를 좋아했다. 뜻하지 않은 우연으로 태어났지만 정처 없이 살다가 먼지처럼 사라지고 싶지는 않다는 패기 정도는 있었다. 그렇다면 왜 하필 쉰둘인가?

나의 인생 계획표에 의하면 그 나이 정도 되면 어느 정도 출세도 하고 당연히 돈도 좀 생길 줄 알았다. 그리고 쉰둘이면 다리에 힘이 빠져 여행이고 공부고 섹스고 아무것도 못하는 노인일 줄 알았다. 내 머릿속에서는 김삿갓이나 수도승처럼 세상과 인간의 참 모습을 느끼면서 유유자적 살아가는 것이 맞는 것 아닌가하고 생각했다. 하지만 쉰둘이 되고 나니 나는 여전히 무엇이든 할 수 있을 만큼 건강했고, 무엇보다 자유로웠다. 기왕 이렇게 된 거 이제까지 불평 없이 내 곁에 남아준 아내와 함께 여행이나 실컷 하면서 세상 사람 다 만나보고 온 천지 자연을 다 느껴보자고 마음먹었다. 게다가 국내 여행은 이젠 좀 구태의연하니 해외로 눈을 돌리는 것이 맞다고 생각했다.

우리 부부는 미국으로 떠났다. 평화로운 태평양을 바라보며 캘리포니아 1번 도로를 신나게 달려 워밍업을 마친 후 미국 대륙 횡단에도 나섰다. 복잡한 역사가 없는 나라 아닌가. 그냥 지리시간에 배운 침식이니 융기니 화석이니 하는 정도만 알아도 충분히 이해가 되는 나라가 미국이었다. 생각 같은 것은 다 제쳐두고 아메리카 합중국을 종횡무진 달리면서 아침에는 맥도날드, 점심에는 피자헛, 저녁에는 KFC에 가서 시원한 맥주로 목을 축이니 이것이 인생이구나 싶었다. 신나게 운전하고 신나게 구경하고 신나게 먹었다. 하긴 평생 들지 않던 철이 회사에서 잘렸다고 갑자기 들어올 리 있는가.

속 없기로는 나보다 열 배 정도 되는 우리 집사람은 유럽이 입에 붙어 있었다. 유럽 가서 문화의 향기를 맡으면 저절로 피카소라도 될 것인 양 생각하고 있었다. 유럽 안 가본 사람은 세상에 자기뿐이라며 나를 순 야만족 취급하고 보름 동안 말도 안 하는데 어쩔 것인가. "우리 엄마는 해외는커녕 제주도도 못 가봤다"고 퉁을 주었지만 계속 미루다가 황혼 이혼이라도 선언하면 큰일이 아닌가. 그래, 기분이다. 구라파다. 살인 물가 따윈 잊자. 가는 김에 파리의 옛날 하숙집도 찾아가 보고 싶고, 내게 한눈에 반했던 인터라켄의 알프스 소녀도 궁금했지만 이번만은 전적으로 아내가 원하는 곳에 가보고 아내가 먹고 싶은 것을 먹는 것으로 마음을 정했다. 평소 그림 그리는 것을 취미로 했던 아내는 로마, 파리 그리고 스페인의 톨레도에 가고 싶어 했다. 산티아고 길도 걸어보고 싶단다. "차라리 우리 시골 수인산 탄숙골 길이 더 낫다"고 우겨봤지만 안 통했다. 곡절 끝에 산티아고 순례길도 걸었다. 아내가 스페인 광장 앞 명품거리에서 한참이나 서성거렸다. 말하지 않아도 뻔한 것 아닌가. 통 크게 "좋은 것 있으면 하나 사라"며 큰소리를 쳤더니 미안해서 혼자 어떻게 사냐고 되묻는다. 별 걱정을 다 해준다 싶어 "내 걱정은 하지 말랑께." 했지만 혼자는 죽어도 안 사겠다고 버틴다. '에라, 모르겠다. 그럼 내 것도 하나 사자.' 하고 들어갈 때는 자유지만 나올 때는 건장한 사내가 문을 열어주어야만 나올 수 있는 명품 매장에 들어갔다. 가게에 들어서니 한국 엄마와 딸처럼 보이는 둘은 열심히 뭔가를 고르며 희희낙락하고 있고 아버지로 보이는 한 사람은 불평이 가득한 얼굴로 소파에 앉아 있었다. 나는 동지를 발견하고는 얼른 그 소파 맞은편에 남자와 똑같은 표정을 하고 앉았다. 진한 동지의식이 느껴졌다.

그렇다고 집사람의 간절한 눈빛을 피할 수는 없었다. 천문학적인 액수, 돈 좀 썼다.

유럽 순방을 마치고 이제는 규슈 도보 여행에 나섰다. 아무리 유행이라지만 걷는 것 따위가 유행이 될 줄은 정말이지 생각도 못했다. 뭔가 유행이 되면 왜 온 나라 사람이 다 유행에 휩쓸리는지. 아무튼 유행 따라 큰 놈, 작은 놈이 초등학생일 때 서울에서 지리산 밑 산청까지 두 놈을 데리고 걸어본 후 걷기에 재미 들린 집사람이 이젠 규슈를 걸어서 돌겠다고 나섰다. 속으로는 '아이고, 맙소사' 싶었지만 말끝마다 '평생'을 붙이면서, 평생 다시 하기 어려울 것이라는데 당할 도리가 없었다. 집사람도 나도 '평생' 할인점에서 옷 사 입고 살았는데 아내의 말처럼 '우리보다 훨씬 어려운 사람들도 다 하는' 이 정도야 못할 것도 없지. 그래 '기마이'다. 규슈행 비행기와 배를 타고 또 탔다. 낭만이라는 이름의 도피였다.

열 번 이를 악물고
열한 번 비겁했다

'뱁새의 황새 걸음'도 이 정도면 수준급이었다. 문제는 돈이었다. 돈 쓰듯 아꼈는데도 물 흐르듯 나갔다. 계획보다 두 배의 돈이 들었다. 나이 들면 해외여행이나 하며 살자던 우리 부부 평생의 꿈, 낭만 여행을 서둘러 접었다.

우선 생활 자체가 문제였다. 수입이 5분의 1로 줄었는데 지출은 오히려 늘어나니 문제가 생기지 않으면 이상한 것이 아닌가. 생각지 못한 지출도 있었다. 회사 카드로 여럿이 함께 먹던 점심과 저녁을 내 돈을 내고 먹어야 한다는 것도 큰 부담이었다. 더치페이는 사나이가 할 짓이 아니라며 불쑥 카드를 내놓는 습관도 그대로였다. 주말마다 대여섯 개씩 밀려드는 청첩장도 큰 부담이었다. 그래도 체면

이 있잖은가. '10만 원은 넣어야지'라는 생각도 고칠 수 없었다. 정말이지 지출은 하나도 줄지 않았다. 집을 나서는 순간 모든 것이 돈이었다. 6개월 만에 5,000만 원 적자가 났다. 25년을 뜬구름 위에서 살다가 비로소 두 발을 땅에 대고 서보니 뼈아픈 세상의 진실이 다가왔다. '아차' 한 순간에 이미 몸도, 마음도, 가정 경제도 탈이 난 뒤였다.

월 500만 원의 적자가 계속되니 1년도 못 채우고 남은 명퇴금이 다 날아가고 은행 빚도 몇 천 더 늘었다. 곶감 빼먹듯 빼먹다 남의 집 곶감까지 빌려 우선 먹다보니 벌써 바닥이 뻔히 보였다. 큰일이었다. 세월이 더 가고 나이를 먹으면 그 다음은? 겁이 덜컥 났다. 당장의 생계는 물론이고 애들 학비도 문제 아닌가. 자려고 누웠다가도 벌떡 일어나 거실로 나가 아침까지 보지도 않는 텔레비전을 켜놓고 멀뚱히 밤을 새우는 나날이 이어졌다.

단순히 세 끼 밥이 문제가 아니지 않은가. 패배자라는 쓰라린 상처가 마음에 가득 차 있었다. 푸른 구름 같은 뜻을 품고 살아온 이 땅의 남자들…… 그들이 지금까지 하늘을 향해 고개를 들고 살아온 이유가 무엇인가. 뭔지 몰라도 아무튼 뭔가 큰일을 해보겠다는 오기가 아닌가. 그런데 지금 나에게는 무슨 희망이 있는가. 더 이상 월급 주며 와서 일해 달라는 회사도 없고, 어중이떠중이 모두 달고 뻐기는 국회의원 배지를 달 희망도 없고, 나보다 일주일이라도 어린 여자가 오빠라고 불러줄 리도 만무하다. 그렇다면 내 남은 인생은 최고로 좋아 봐야 흔들의자에 앉아 석양이나 바라보다가 더 나이가 들면 남에게 보이고 싶지 않은 추한 모습까지 보이고 죽는 것으로 딱 정해져 있는 것 아닌가. 더 이상 나에게는 꿈도 희망도 남은 것이 없었다.

회사에서 잘린 지 1년도 지나지 않아 머리가 어지럽고 하늘이 노래졌다. 생각에 생각이 꼬리를 물다가 점차 아무런 생각도 나지 않게 되었다. 패닉이라는 것이 이런 것인가 싶었다. 초등학교 이래 약간은 염세였는데 정신적인 공황까지 겹치니 하루에도 열 번은 죽고 싶었다. 나는 결국 지금 죽는 것이 최선이라고 마음을 먹었다.

무작정 차를 몰았다. 올림픽 도로를 동쪽으로 달렸다. 다리 위에 가로수가 서 있었다. 못 보던 모습이었다. 다리 옆 모텔 주차장에 아무렇게나 차를 세우고 한 300미터나 걸었을까. 광진교였다. 다리 양쪽을 따라 아름다운 인도가 이어졌다. 가로수로 보였던 나무는 정원수라기보다는 잡목 정도로 낮았다. 다리 중간쯤엔 전망을 즐길 수 있는 발코니도 몇 군데 있었다.

여기다 싶었다. 석양을 바라보며 멋지게 뛰어내릴 수 있는 곳이다. 난간에 기대어 강을 내려다보았다. 웬일인가. 볼 때마다 은빛이었던 한강물이 오늘은 부산 청사포 바닷물보다 더 푸르렀다. 청사포 횟집 전망 좋은 귀퉁이 방에서 바라봤던 그 푸른 밤바다 색이었다.

에메랄드 빛이란 바로 이런 색을 말하는 것인가. 그리고 한없이 높았다. 어금니를 꽉 물었다. 무서웠다. 수영 좀 한다는 객기로 10미터 높이의 다이빙대에 올라갔다가 죽을 뻔 했던 기억이 떠올랐다. 다이빙대에 막상 올라가보니 저 아래 펼쳐진 수영장이 정말 돗자리 한 장처럼 좁아보였고 좁디좁은 다이빙대는 아래위로 휘청거려 몸을 가누는 것조차 불가능했다. '악' 소리를 지르며 뛰어내렸지만 떨어졌다고 봐야 맞을 것이다. 그런데 이곳은 너무 높아 오히려 비현실적이었다. 몸 밖으로 튀어나올 것처럼 뛰는 심장이 내 눈으로도 보였다. 심장 말고는 머리도, 몸 전체도 무감각이었다. 몸이 움직이지 않았다. 넓고 높고 고요하기까지 한 한강은 세상의 모든 소리도, 역사도 삼켜버릴 것 같았다. 그리고 세상의 그 무엇도, 심지어 나를 이 광진교로 불러들인 잡목들조차도 나에게 관심이 없었다.

나와 함께 할 이는 아무도 없었다. '절대고독'이라는 말이 혹 이런 것인가. 무섭도록 외로웠다. 벌써 내 마음은 하루에도 열 번 넘게 생각했던 자살을 포기하고 있었다. 오히려 한숨이 나왔다. 자살조차 감행하지 못하는 나의 용렬함이라니. 그래, 일단 오늘은 후퇴다. 오늘은 후퇴지만 물빛이 옥빛으로 변하는 봄에 다시 돌아온다. 그 후에도 여러 번 어금니를 단단히 물고 가서 은빛 강물이 에메랄드빛이나 옥빛으로 변하는 것을 바라보았다. 그렇게 광진교 아래로 몸을 던지려 전진하다가 후퇴한 적이 열 번도 넘었다. 죽는 것 자체도 물론 두려웠지만 실은 더 두려운 것이 있었다. 남겨진 처자식을 어찌해야 할까. 세상의 손가락질을 견디며 평생 얼굴에 어두운 그림자를 드리우고 살 운명이 될 것 아닌가. 자살도 유전이라는데 이것들이 애비따라 자살이라도 하겠다면? 그즈음이 되자 자살미수도 아닌 자살 시도 미수도 습관이 되어 어느 정도는 매너리즘에 빠져버렸다. 비겁하다는 것이 바로 이런 것일까.

아내가 월 천만 원을 버는 사장이 되었다

"나라도
돈 벌어야겠어요!"

정신적인 공황에 빠져 비겁한 나날을 보내고 있던 어느 날 평생을 전업주부로 살았던 아내가 "나라도 돈 벌어야겠어요!"라고 했다. 장사라도 하겠다는 것이다. 아내의 말을 듣는 순간 고맙거나 미안한 감정이 아니라 배신감이 몰려왔다. '너까지 나를?' 그러나 하얗게 질린 아내의 얼굴을 보니 그런 수준이 아니었다. '더는 참고 못살겠다'고 이혼하자던 때와 같은 결심을 한 것 같았다. 진심인 것이 분명했다. 배신감이 사그라지자 '어쭈, 당신이 돈을 벌어? 뭘 해서? 돈 벌이가 그렇게 쉬운지 알아?'라는 힐난의 감정이 마음의 틈을 비집고 들어왔다. 한편으론 '그래, 그래야지. 평생 나 혼자 돈 벌어 가정 경제를 책임져야 한다는 법도 없지. 이젠 당신이 좀 나설 때도 됐잖아.'

하는 속마음도 불쑥 솟았다. 그래도 '정말로 하겠다고 나서면 세상 창피해서 어쩌지?' 하는 생각도 했다. 아직도 체면치레에 열심인 내 마음을 나도 알 수 없었다. 평생 당연하게도 집사람을 돈벌이로 내몰 일은 없다고 생각했는데 머릿속이 복잡했다.

집사람은 장사 아니라 뭐라도 할 수 있는 사람이 아니었다. 남에게 빌려주기는 잘도 빌려주면서 어디서 돈 10만 원도 못 빌리는 사람이었다. 받기 싫은 전화가 왔을 때 내가 아이들한테 "아빠 없다고 해." 하면 이런 거짓말을 들킬까 봐 자기가 부엌으로 도망을 갈 뿐만 아니라 절대정지 신호에서는 200미터 후방까지 차 한 대 없어도 언제나 정지하는 사람이었다.

언젠가 구례 '운조루'로 한옥구경을 간 적이 있었다. 한옥 대문 앞에서 한 할머니가 큰 '다라이'에 검정콩을 가득 담아 팔고 있었다. 아내가 "집에서 가지고 나오셨어요?" 하고 물으니 아래쪽 벌판을 가리키며 "그럼, 저 아래 우리 밭에서 한 거야." 하셨다. '잘됐다, 기왕이면 할머니가 파는 걸 사드려야지' 하며 가격을 흥정하고 있는데 뒤쪽에서 한 할아버지가 눈을 깜빡이며 우리를 보고 계셨다. 왜 그러시나 싶었다. 진짜 시골 콩을 샀다는 기분으로 신이 나서 동네를 나오는데 아까 그 할아버지가 "그거 다 중국산이야, 그리고 그 여자 농사도 안 지어." 하셨다.

바로 그날, 집으로 돌아오는 길에 고속도로 안성 휴게소에 들렀다. 잠깐 화장실에 다녀오는 사이였다. 집사람이 아이스박스 세 개를 트렁크에 실어놓고 무슨 큰 횡재나 한 것처럼 흐뭇해하고 있었다. 어떤 사람이 현대백화점에 납품하는 제주 옥돔을 몰래 몇 상자 빼내서 기름 값이나 마련하려고 반값도 안 받고 판다고 했단다. 엄마 집, 언니 집까지 줄려고 세 박스를 샀다는 것이다. 세 개나 산다고 더 할인해주겠다는 걸 반값도 미안한데 그러면 안 된다고 우겨서 제값을 다 주었다나. '나 참 잘했지?'라는 표정이었다. 그래 장물아비에게도 양심은 있구나. 나도 광언지 도다린지로 한 번, 미군부대에서 빼왔다는 골프채로 한 번, 그렇게 두 번이나 장물아비가 되어본 적이 있어서 무슨 일이 일어났는지 훤했다. 참으려고 애를 써도 부아가 치밀어 차라리 아이스박스를 쓰레기통에 버리라고 야단을 쳤다. 그런데도 아내는 "설마 그런 거짓말을 할 리가 있어요? 당신은 사람을 너무 부정적으로만 봐서 큰일이에요." 했다. 이렇게 순진한 사람이 장사를 해서 돈을 벌겠다니 맘껏 환영할 수도 없었다.

어쨌든 그날 이후로 아내는 친구들과 어울려 이것저것 알아보러 돌아다니는 모양이었다. 나는 그저 '언젠가는 제풀에 지치겠지.' 하고 있었다. 아내는 이런저런 카페, 이런저런 빵집, 피자집, 떡집, 설렁탕집, 새마을식당, 프랜차이즈 짬뽕집, 부산부터 간사이까지 여러 오뎅바, 브랜드 옷가게, 신발가게, 액세서리 가게 등을 다 둘러본 후 기진

맥진하여 침울하게 말했다.

"할 게 없어요."

"그것 봐."

한편으론 가정 경제 좀 펴지나 하는 기대가 마음속에 있었는지 실망도 컸다. 될 만한 장소에 카페를 하려면 5억은 있어야 한다고 했다. 자영업 우습게 봤는데 이것도 큰돈 있어야 하는구나. 갑자기 서울 시내 건물마다 가득한 가게 주인들이 커 보였다. 중학교도 못 나오고 사업하는 친구들, 이 녀석들이 보통 놈들이 아니구나. 나는 폼만 잡았지 지금까지 헛살아온 것만 같아 스스로 처량하기도 했다.

2년마다 인테리어를 다시 하라고 한단다. 2년 지나서 인테리어 다시 하고 나면 앞으로 벌고 뒤로 밑지는 장사란다. 우리 집 옆 버스 정류장 사거리에 장사가 잘되던 유명 프랜차이즈 빵집이 있었다. 그런데 어느 날 다른 프랜차이즈 빵집으로 간판이 바뀌었다. 소문에 빵 장사를 시작한 지 2년이 되자 본사가 인테리어를 다시 하라고 강요해서 다른 경쟁업체로 본사를 바꾼 거라고 했다. 한 달 후 바로 옆집 도너츠 가게 주인이 건물 2층 미용실 자리까지 임대해서 원래의 프랜차이즈 빵집을 크게 내버렸단다. '야, 무섭구나. 2년간 아무리 벌어도 인테리어 다시 해버리면 뭐가 남겠어. 그래서 막 항의하다가 안 되니까 할 수 없이 본사를 바꾸었겠지. 그런데 자기 브랜드 떠났다고 어제까지 자기네 가맹점이었던 집 바로 옆집에 복수하듯 더 큰 빵집을 내버려? 해도 너무한 거다.' 나는 정확한 내용도 모르면서 누군가의 억울한 사연에 무조건 맞장구를 쳤다.

재고를 회수하지 않는단다. 허구한 날 남은 떡만 먹는 신세가 된단다. 그거야 당연하지, 재고를 다 회수해서 폐기하면 본사는 뭐 먹고 사나? 또 새벽까지 문을 꼭 열어야 된단다. 그럼, 사람들이 술 먹다가 11시 되면 딱 나오는 줄 알았나?

체면상 생계형은 싫단다. 좀 먹고 살 만한 동네 아주머니들은 돈 때문에 어쩔 수 없이 돈 벌이를 나선 주부들을 생계형이라며 속으로 깔보는 경향도 있다. 그런데 '생계형'이 따로 있는가? 세상에 가족의 생계보다 더 중요한 일이 어디 있는가? 직장을 다니건 사업을 하건 누구나 가족의 생계를 위해서 일하는 건데 그게 무슨 소리인가. 생계형은 싫다? 체면? 웃기고 있네. 생계형은 싫다는 유한마담들, 두고 봐라. 다만 시간문제일 뿐 결국 생계형 안 되는 사람 있나. 스타일 안 구기는 사람 있나.

시작은 작게!
꿈은 크게!

금방 시들해질 줄 알았는데 아내는 6개월째 사업을 알아보러 돌아다니고 있었다. 벌써 반 년이었다. 얼굴에 시커멓게 기미가 끼고 이제는 아예 앓아누울 지경이 되었다. '진즉 포기하고 허둥지둥하고 있구나.' '세상이 녹록지 않음을 느끼고 있겠지.' '이 사람이 이제 속 차릴 때가 되었구나.' '잘 달리고 있는 말에 채찍을 가해야 한다.' 등의 생각에, 그리고 약간 짜증도 나서 기미 가득한 얼굴을 향해 비아냥대고 말았다. "취미로 몇 번 배운 커피로 카페를 해? 그리고 당신 나이에, 그 얼굴에 카운터 왔다 갔다 하면 손님이 참 많이도 오겠다." 하며 자존심을 팍 긁어버렸다. 당연히 서로 말을 안 하기 시작했다.

묵언 모드로 들어간 지 며칠 후였다. 나는 답답한 마음에 기왕 이렇게 된 거 제대로 질러버리자는 생각으로 또 한마디를 보탰다. "파리바게트? 최소 5억은 필요하다는데 이 집 팔아서 할까? 당신 어디 돈 숨겨 놓은 거 있어?" 세게 나가도 너무 세게 나갔다. 또 다시 이어진 묵언 수행 모드. 집안은 찬바람이 쌩쌩 부는 깊은 산속 어느 토굴이 되었다.

내가 이렇게 함부로 내지르는 데는 다 믿는 구석이 있어서다. 우리 집사람 이성숙 여사는 나와 아무리 심각한 냉전 중이라도 "생맥주 한잔 어때?" 하면 금방 얼굴이 환해진다. 못 이기는 체 따라오며 호호 웃기까지 한다. 한 번의 예외도 없이 '오케이'다. 물론 살면서 한 번의 예외는 있었다. 어느 날, 회사에서 고급 핸드폰을 주었다. 요금도 물론 회사에서 부담해주었다. 그렇다면 원래 내 핸드폰은 정말 '프라이빗틀리' 사용하자고 마음먹고 아무도 몰래 간혹 만나던 여자 친구에게만 번호를 가르쳐주었다. 호주머니엔 언제나 두 대의 핸드폰이 있었다. 한 대는 '오피셜리' 그리고 다른 한 대는 '프라이빗틀리' 사용하던 중이었다. 어느 날 집사람이 회사 밖에서 기다리고 있으니 얼른 나오라고 전화를 했다. 그러더니 현관을 나서는 나를 기다렸다는 듯 차에 태워 SK텔레콤으로 직행하는 것이 아닌가. 서울에서, 그것도 초등학교 때 선생님이 표준말의 기준점이라고 말했던 경복궁에서 반경 2킬로미터도 떨어지지 않은 곳에서 40년을 살아왔다. 그동안 놀라거나 극한 상황이 되면 언제나 입 밖으로 튀어나오는 내 고향 감탄사 '오메!'가 저절로 튀어나왔다. 막무가내로 통화기록을 보잔다. 본인 이외에는 아무도 안 가르쳐주니 나를 직접 그곳까지 데려간 것이었다. 회사에서 핸드폰 요금을 내주는데도 통장에서 계속 통신 요금이 빠져나가고 있는 것을 수상하게 여긴 아내의 기습이었다. '오메! 큰일 나부렀네!' 그 후에 당한 나의 굴욕은 '광산 김가' 망신이니 말하기 어렵다. 바로 이 사건이 나의 얄팍한 생맥주 작전이 두 달 동안이나 통하지 않았던 딱 한 번의 예외였다. 그 밖의 예외는 아직까지는 없다. 그래서 말하기 좀 곤란한 일이 있으면 퇴근하면서 집 앞 생맥주 집에 자리를 잡고 "이리로 나와." 한다. 30초 만에 집사람이 헤벌쩍하고 나타나는 것은 물론이다. 생맥주를 마시며 지나가는 이야기로 말한다. "이번 달엔 카드 값이 좀 나오겠는데." "혁이 이번에 대학 들어갈 때 큰 삼촌인 내가 입학금 정도는 내주면 좋은데." "시골집 담이 이번 장마로 넘어졌다는데 어떡하지?" 이렇게 주로 목돈 들어갈 일 있을 때 써먹는 방법이다.

그날도 생맥주 두 잔에 제일 비싼 치킨을 시켜놓고 집사람을 불렀다. 사업에 관한 나 나름의 가이드라인을 제시하기 위해서였다. 집안의 생사가 걸린 일인데 나라고 그냥 방심만 했겠는가. 나 또한 부업이나 창업에 관한 정보라면 눈을 씻고 귀를 쫑그리며 지난 6개월을 보내지 않았던가.

"당신 보아하니 뭔가 하긴 해야겠다. 안하면 병나겠어"라며 우선 아내에게 희망을 주고 나서 본론으로 들어갔다.

"근데 사업이란 실패하기 십상이잖아. 우리 동네만 봐도 1년도 안 돼서 그만두는 가게가 얼마나 많아. 우리 가진 돈은 뻔한데 빚까지 얻어서 할 수도 없으니 우선 작은 것부터 찾아보자. 나라고 이왕이면 번듯한 사업으로 시작하고 싶지 않겠어? 그래도 작은 것으로 우선 뭔가를 좀 파악하고 그다음에 나하고 함께 키우면 되잖아. 내 생각엔 투자는 보증금 포함 1억 이하, 거기까지는 망해도 내가 아무 말 안 할게. 시작은 작게!"

멋진 카페나 빵집 주인마님이 소망인 집사람의 눈치를 살피며 조심스럽게 말했는데 뜻밖에 "당연하지요. 행상이면 어때요?" 한다. 아니, 이 사람이 언제 이렇게 변했나? 눈시울이 뜨거워졌다. 갑자기 용기가 치솟았다. 요즘 세상에 1억 이하로 할 수 있는 사업이 어디 흔한가. 그렇지만 어쩔 것인가. 사업은 망하는 것이 정상이고 망하지 않으면 오히려 비정상이라는 마음으로 접근해야 한다. 그러니 투자를 최소화하는 것은 당연한 것 아닌가. 더구나 아내가 나보다 더 용감한 짠순이로 나가주니 역시 내가 아내 하나는 잘 얻었구나. 나는 용기백배하여 아내에게 역설했다.

"기왕 할 거라면 오래 할 수 있는 것으로 하자. 당신이 30년을 운영하고 애들에게 유산으로 남겨준다는 생각으로. 점차 규모를 키워 프랜차이즈까지 가능하다면 당신 나중에 큰 부자가 될 수도 있을 거야. 그렇다면 금상첨화겠지? 꿈은 크게 갖자고!"

더 하고 싶은 말이야 많았지만 우선 이 정도만 해두었다. 더 이상 나갔다가는 갑자기 태도를 바꿔 "내가 바보인줄 알아요?" 하고 화를 낼지도 모르니까 말이다.

2장
아내가 월 천만 원을 버는 사장이 되었다

반년의 고민,
그리고 이제 시작이다

그로부터 두 달쯤 지난 어느 날이었다. 아내가 큰 결심을 한듯 진지하게 입을 열었다. 나를 만난 이래 가장 겸손하고 진지한 얼굴이었다. 가게 알아보느라 많이 걸어서 득도라도 한 것일까? 아내에게서 법정스님과 틱낫한 스님의 얼굴을 합친 것 같은 수도의 흔적이 보였다. 반년 동안 적어도 서울에서 부산까지 왕복할 정도의 거리를 걸었을 우리 집사람도 프랑스 어딘가에 '자두 마을'을 만들어 걸으면서 수도한다는 틱 스님 짝났구나.

"용인에 새로 지은 아파트가 있는데 거기에 상가를 얻어 반찬가게를 한번 해보고 싶어요. 투자금은 임대 보증금 5천 빼고 한 7, 8천이면 될 거 같은데."

아내가 대견했다. '그래, 이제 정신을 차리고 주제를 파악했구나. 당신, 생계형 창업의 극치인 반찬가게를 선택한 그 용기는 대체 어디서 나온 거야?' 하고 생각하면서도 한편으로는 '내 아내가 반찬가게를? 내 체면은 뭐가 되고?' 하는 생각에 얼굴이 화끈거렸다.

썩 내키지는 않았지만 집사람이 마음에 든다는 가게를 같이 가 보았다. 괜찮아 보였다.

"가게세가 얼만데?"

"300만 원이요."

"아니, 300을 내고 반찬을 판단 말이야?"

평생을 전업주부로 살아온 내 아내의 계산법은 이랬다.

"하루에 50만 원만 팔면 한 달에 1500만 원, 가게세하고 관리비 500만 원, 재료비 500만 원, 그리고 내 꺼 500만 원."

간단명료하기가 이보다 더 할 수 없었다.

"아이고, 이 사람아. 사람을 최소 셋은 써야 할 텐데 한 사람당 150만 원만 잡아도 인건비 450만 원이야. 그리고 전기세, 수도세, 가스요금까지 합하면 가게 임대료까지 최소 천만 원은 나오겠다. 그리고 매출도 반찬 판 것에서 부가세 10퍼센트에 카드 수수료까지 3퍼센트 내면 3,000원짜리라도 실제로 당신 손에 들어오는 건 한 2,600원밖에 안 된다는 것을 알아야지. 사업이란 건 비용은 최대한 불려서 잡고 매출은 최대한 줄여 잡아 계산해 보는 거야. 그래야 나중에 앞으로 남고 뒤로 밑졌다는 소리가 안 나와."

　　말은 그렇게 했지만 한 가지 믿는 구석은 있었다. 음식을 만들고 사람을 대접하는 아내의 경쟁력은 의심할 바가 없었다. 불과 한 20년 전만 해도 직장 동료나 선후배들이 술 한잔하면 2차는 의례 일행 중 가까운 집으로 가서 그 집 안주인에게 인사도 하고 술도 한잔 얻어먹으면서 고스톱을 치는 일이 자연스러웠다. 그런데 언제부터인가 무슨 이유에서인지 이런 화기애애한 분위기가 사라져버렸다. 오라는 사람도 없고 가자는 사람도 없다. 무슨 예술만 전통인가? 나라도 이 좋은 전통을 살리자. 회사 동료든, 학교 동창이든, 고향 친구든 매달 한 20명씩 집에 데려와 밥 먹고 소주도 마시고 까짓것 노래도 불러버렸다. 양복 입고, 드레스 입고, 와인 마시며 노는 것만 파티가 아니라 우리가 노는 이 자체가 파티였다. 이 모든 뒤치다꺼리를 한마디 불평도 없이 혼자서 해치우는 우리 집사람의 반찬 솜씨, 밥 솜씨, 친절 솜씨, 너그러운 마음 솜씨야 굳이 말해서 무엇 하겠는가. 그뿐인가. 친구들과 집 주변에서 한잔하다 11시 넘어 "얘들아, 우리 집 가서 발렌타인 30년산 하나 까자." 하면 다들 순순히 따라와 10년째 쓰고 있는 30년짜리 발렌타인 병에 소주를 부어 '30년을 위하여!' 하며 마신다. 이 모든 혼란에도 눈치 한 번 안 준 사람이 바로 내 아내다. 그렇다. 이 분야에서는 이 사람이야말로 경쟁력 최고라는 이야기다.

걸어서 온 세상
반찬가게 끝까지

이제 본격적으로 시장을 살펴볼 차례였다. 구체적으로 계획이 잡혔기에 우리 부부는 본격적으로 힘을 합쳤다. 발품을 팔아 시장조사에 나선 것이다. 이곳저곳 소문난 반찬가게를 함께 돌아보는 것이야 누구나 하는 일이고 적어도 배운 사람이 사업을 한다면 뭔가 달라도 크게 달라야 할 것이 아닌가. 경영학 교수와 그 와이프답게 아주 밑바닥부터 샅샅이 뒤졌다. 특히 허름한 아파트 상가에 있는 반찬가게들 주위를 하루 종일 어슬렁거리며 입지 조건, 맛, 반찬의 종류, 손님의 숫자, 사람이 몰리는 시간대, 가격까지 치밀하게 살폈다. 매일 반찬가게들이 문을 닫는 밤 8시에서 9시 사이에 반찬을 사서 50킬로그램짜리 성남시 쓰레기봉투에 한가득 담았다. 집에 돌아와 직접 먹어보며 맛을 분석했다. 둘이 서로 의견을 나누고 아내가 직접 만들어보기도 했다. 나도 덜렁덜렁 따라다니기만 한 건 물론 아니었다. 아내가 인터넷으로 유명한 반찬가게를 찾아서 목록을 정리해놓으면 아내를 에스코트하여 목적지까지 모신다. 아내를 차 안에 모셔 놓고 일단 나는 가게 주위를 어슬렁거린다. 물론 그냥 어슬렁거리는 것이 아니다. 다 중요한 미션이 있다. 반찬가게 주인이 눈치 채지 못하게 가게를 세심하게 살핀 후 아내에게 현지 보고를 하는 것이 나의 일차적인 미션이다. 반찬의 종류 및 디스플레이, 가격대, 주인의 성별과 인상, 혼자인지 아니면 부부 혹은 여러 사람이 함께 일을 하는지 등등. 개인정보 보호 차원의 주민등록번호 외에는 다 조사한다는 마음으로 치밀하게 살핀다. 결과를 아내에게 보고하면 아내가 어떤 종류의 반찬을 사오라고 현지에서 명령을 내린다. 그 반찬들을 사 오는 일이 나의 2차 미션이다. '부부합동 2인조 절도단'이 이런 모습일까. 아무튼 공군에서 '물장교' 생활이라도 한 경력이 있는 나였으니 망정이지 육해군 장교 누가 이렇게 중차대한 일을 민첩하게 해낼 수 있단 말인가. 물론 애로 사항도 많았다. 우선 현지 동네사람을 가장해야 하므로 그다지 떳떳하지 못한 것이 사실이다. 특히 한 가게에서 같은 음식을 어제, 오늘, 내일 연속 사서 나르는 일은 무슨 도둑질이라도 하는 것처럼 제발이 저렸다. "똑같은 걸 매일 사오라면 눈치 채잖아. 이번엔 당신이 가는 게 좋을 것 같아." 하지만 차에서 명령을 내리는 일에만 익숙해서인지 아내는 '쫄병'의 처지를 전혀 이해해주지 않는다. 아내가 들은 체도 안하고 그냥 가버릴 태세를 보이면 하는 수 없이 얼굴이 빨개져서 반찬가게에 들어간다. 이렇게 어렵게 구한 반찬을 집에 가져와 재료와 제조법, 그리고 조미료 사용 여부에 대해 심층 연구에 들어간다. 어떨 때는 새벽 3~4시까지 연구에 몰두한다. 내가 이렇게 아내 비서 노릇에 도둑 사촌질만 한 것은 물론 아니다. 집사람이 만든 반찬을 대통령 경호실 감식관처럼, 또는 조선시대 수라간 상궁처럼 감독하는 역할도 수행했다. 문제도 있었다. 농촌 출신인 나는 밤 10시면 자고 새벽 4시에는 어김없이 일어난다. 농촌 출신은 누구나 그렇다. 하지만 자칭 도시 여자인 아내는 새벽 2시에 자고 아침 9시에 일어나는 야행성이다. 새벽 4시면 자동으로 눈이 떠지는 나는 어쩌란 말인가. 통나무가 되어 자고 있는 아내 옆에 다가가 톡톡 건드려보지만 아내는 언제나 한밤중이다. 결국 팔자에 없는 홀아비 노릇이 잦아졌다. 잠자리야 이 나이에 안 하니 더 편하다고 쳐도 사람이 밥은 제대로 먹어야 살 것이 아닌가. 칼칼하거나, 쌉쌀하거나, 짭짤한 맛을 진정한 맛으로 치는 전라도 사나이가 만날 서울식의 달달한 맛을 견디려니 죽을 맛이었다. 간장에 졸이다 만 고구마 순 무침이라니……. 우리 엄마는 약간만 데친 고구마 순에 된장을 듬뿍 넣고, 풋고추와 함께 빨간 고추도 종종 썰어 넣고 나서 마지막에 식초를 뿌렸었는데……. 매생이 국도 그렇다. 서울 어디에서 매생이 국을 시켜보면 매생이가 아무리 비싸도 그렇지 무슨 군대 춘채국처럼 흥건한 국물에 매생이 몇 가닥이 한가로이 떠다닌다. 우선 보기부터가 영 맛이 안 난다. 이런 것을 매생이 국이라고 숟가락을 대는 용기 있는 목포, 강진, 해남, 영암, 보성, 완도, 진도 사람이 있다면 그 사람은 고향 매생이 모독죄다. 집사람도 똑같다. 나는 원래 매생이국이란 물이 자박해 아무리 뜨거워도 김 자체가 안 난다고, 그래서 옛말에 미운 사위 오면 매생이 국을 끓여내 사위 입천장을 홀러덩 벗겨지게 한다는 우스갯소리까지 있다고 말해주곤 한다. 간혹 약간 큰소리를 내버릴 때도 있다. "한마디로 당신 음식은 엣지가 없어!" 하다가 얼굴을 붉힌 적도 여러 번이었다. 집사람과 내가 음식을 두고 벌이는 신경전은 지금까지도 여전하다. 풋고추는 된장에 찍어 먹고 생마늘은 고추장에 찍어 먹어야 제맛이라고 가르쳐주면 집사람도 지지 않고 말이 많다. 서울에서는 고추도 고추장에 찍어 먹는단다. 은근히 시골 사람이라고 무시하는 태도도 분명히 있다. 전라도 김치는 한두 번 먹을 때나 맛있지, 맛이 너무 강해서 날마다는 먹기가 힘들다나. 아이고, 뭘 먹어본 사람하고 음식을 논하든지 말든지 해야지 원. 그래도 이번만은 무조건 꾹 참았다. 아내가 만든 새로운 음식을 시식할 때마다 무조건 최고의 감탄사를 연발했다. 신이 난 아내가 계속 음식을 만들어본다. 나는 엄지를 치켜세우며 "엑설런트!" "아웃스탠딩!" "따봉!"을 연발했다. '엄마가 솥뚜껑을 거꾸로 엎어서 부엌 벽에 1년 내내 걸어둔 돼지 기름덩이 쓱 문질러 부쳐주던 문지 맛은 이게 아닌데…….' '솔지는 멸치젓 뼈가 씹혀야 제 맛인데.' 등의 말이 목구멍을 넘어 입술 밖으로 나오려고 해도 끝까지 참았다. 문지는 부침개를 뜻하고 솔은 부추를 뜻하는 우리 고향 말이다.

반찬 감식에도 달인이 있던가. 나는 얼마 지나지 않아 반찬을 보기만 해도 조미료를 넣었는지 아닌지는 물론이고 조리한 사람의 생김새까지 떠오를 정도의 경지에 올랐다. 반찬을 먹어보면 만든 사람의 얼굴이 정확히 떠오른다. 정말이다. 생긴 대로 반찬을 만든다. 나는 반찬을 맛보면 만든 이의 생김새가 떠오르고 생김새를 보면 반찬의 맛이 떠오르는 반찬 감식의 달인이 되었다.

인생 최대의 치욕,
최대의 노동을 넘어

새로운 사업을 시작한다는 설렘이 있어 바쁘고 힘들어도 견딜 수 있었다. 우리 부부가 무언가를 함께 해낸다는 성취감도 있었다. 발이 아프지 않도록 등산화를 신고 최대한 간편하게 차려 입은 후 밤낮 가리지 않고 돌아다니는 나날이 이어졌다. 하지만 문득 머릿속이 복잡해지곤 했다. 장사 같지도 않은 반찬가게를 하겠다고 아내까지 데리고 도둑놈처럼 남의 가게나 흘낏거리는 내 모습을 돌아가신 부모님이 보신다면 어떻게 생각하실까. 친구들에게도 부끄러웠지만 한마디 조언이라도 더 들으려고 친한 몇 명에게 우리 부부의 사업 구상을 설명했다. 하나같이 손을 저었다. '장사는 아무나 하는 게 아니다.' '기왕 하려거든 좀 그럴듯한 것을 하지, 반찬가게가 뭐냐.' '내가 다 창피하다.' 등등 반찬가게를 하면 안 되는 이유가 아흔아홉 가지는 되는 듯했다. 친구 중 몇몇은 '너 폼 잡고 다니더니만 꼴좋다'는 표정으로 말을 줄이는 놈들도 있었다. 혼란스러웠다. '아내에게 이런 것까지 시켜서 가정 경제를 살려야 하나? 이거 안 하면 굶어죽나? 고향에서 서울대 1번이고 고시 1번이라고 학교 교문에 플래카드까지 붙고, 적어도 국회의원은 한번 해먹겠다고들 말했는데 정작 내가 우리 집안 장사치 1번이 되는구나.' 머릿속에서 생각이 꼬리에 꼬리를 물었다. 길에서 아는 사람을 만나면 '근처에 볼일이 있어서'라며 대충 얼버무렸다. 내 인생에서 가장 치욕스러운 몇 달이었다. 고민 끝에 '다 그만두고 그냥 깔끔하게 살까?'라고 생각하기를 하루에도 수십 차례 반복했다.

문제는 또 있었다. 둘이서 함께 다니다보니 대화를 나눌 시간이 많아졌는데 그게 오히려 사소한 갈등의 불씨가 될 때가 많았다. 가게에 대해, 집안일에 대해, 때론 정치에 대해서까지 여러 가지 화제가 다 문제였다. 서로 피곤하다보니 말끝이 날카로워지고 언성이 높아지는 경향이 심해졌다. 거의 매일 그랬다. 하루 종일 발이 부르트도록 돌아다니다 다른 것도 아닌 정치 이야기, 지역 감정 이야기로 언성을 높이고 또 말꼬리를 잡아 티격태격하다가 집에 들어오면 서로 말도 안하는 이게 무슨 꼴인가. 잘 나가던 의사 집 따님이 돈과는 거리가 멀어도 한참 먼 공직자 남편을 만나 고작 반찬가게를 하려고 기미가 시커멓게 오른 얼굴로 밤낮없이 돌아다닌다. 그런데 남편이라는 작자는 그런 아내를 가엽고 고맙게 생각하기는커녕 싫은 소리나 내뱉는 옹졸한 인간이 된 것이다. 역경 속에서 사람의 참모습이 나타난다더니 정말 내가 그랬다. 나의 졸렬한 속이 그대로 나타났다. 그럴 때마다 집 앞의 생맥주 집으로 가기 싫은 척하는 아내를 데리고 가서 허허 웃으며 마음을 다 잡았다. '어떤 일이 있어도 이 사람이 성공하도록 내가 돕는다. 인생 최대의 치욕을 맛보고 있는 우리를 고소해하고 멸시까지 하는 철없는 눈빛들…… 그까짓 게 다 뭐냐. 두고 봐라. 다만 시간의 문제일 뿐 우리처럼 저잣거리 헤매지 않을 사람 몇이나 되나.' 이렇게 나 자신을 위로하고 또 위로했다.

석 달 정도였다. 서울에서 부산 거리 정도를 걸었을까. 발이 몇 번을 부르트더니 군살이 박혔다. 자동차 기름도 하루에 한 번 넣는 것으로는 부족했다. 집에 들어오면 쓰러지기 바빴다. 나와 내 아내의 인생 최대의 발품을 팔았다. 정신과 육체의 고된 노동이었다. 이렇게 석 달을 걷고, 찾아가고, 훔쳐보고, 조사하고, 밤낮으로 만들고, 맛보고, 의논하며 내린 최종 결론은 이랬다. '입지는 좋다. 고급아파트가 2,500세대나 된다. 전문직 젊은 부부들이 많아 집에서 반찬을 만들어 먹기보다 그냥 사먹는 편이 비용 면에서나 시간 면에서 나을 것이다. 작지만 홈플러스가 바로 앞에 있어 사람들의 출입도 많은 편이다. 먼저 입점하여 자리를 선점하면 가능성은 충분하다. 그리고 우리가 가본 수많은 반찬가게들이 재료도 맛도 시원찮다. 조미료를 듬뿍 뿌리고서도 그 모양이라면 우리가 최상의 재료로 조미료 없이도 최고의 반찬을 만들어낼 수 있다. 그렇게만 한다면 하루 80만 원 정도의 매출은 자신 있다. 매출 80만 원이라면 한 달 매출이 2,400만 원이다. 인건비를 포함한 관리비가 3분의 1, 재료비가 3분의 1, 그럼 순이익은 800만 원 정도다. 재료를 우리나라 최고로 쓸 것이므로 재료비로 한 200만 원 더 쓰자. 그리고 기타 예측하지 못한 비용이 약 100만 원 정도 발생한다고 보면 순수익으로 500만 원은 올릴 수 있지 않을까? 그렇다면 한번 도전해보자!' 그동안의 발품 노동과 하심(下心) 공부로 집사람도 나도 어느 정도 철이 들고 자신도 생겼다.

물론 예상 밖으로 매출이 적거나 비용이 커질 수도 있다. 하지만 그게 무서워 시작도 안 한다면 평생 아무것도 못 한다. 우리만큼 진지하게 반찬가게 창업을 공부한 사람도 없을 것이라는 자만과 그만큼의 각오도 정말 있었다. 설령 실패한다고 치더라도 시작하지 않으면 실패할 기회조차 영원히 놓치는 것 아닌가. 집사람과 마주 앉았다. 나는 단호하게 말했다.

"이 정도의 투자로 이 정도의 매출이면 설령 망하더라도 거지되는 일은 없겠어. 한번 해보자."

그리고 아내에게 용기를 심어주었다.

"당신 반찬은 경쟁력 100퍼센트야. 만드는 속도도 당신 따라올 사람 없어. 일본 최고의 반찬가게, 센다이의 할머니 반찬가게는 가정요리를 그대로 해서 대박을 터뜨렸다잖아. 그리고 당신은 마음 쓰는 게 좋고 얼굴도 선하게 생겨서 이런 사업에 딱이야."

마지막 문장에 특히 스타카토를 붙여 강조했다. 마음 씀씀이가 좋다는 말에 그동안 답사의 긴장으로 굳어졌던 아내의 얼굴이 환해졌다. 선하게 생겼다는 말은 사실은 썩 잘 생기지는 않았다는 말이고, '수·우·미·양·가' 중에 '양' 정도라는 말이지만 뭐 굳이 용어해설까지 덧붙일 필요는 없는 일 아닌가. 이런 나의 속뜻을 알 리 없는 아내는 더 싱글벙글거렸다. 사실 처음부터 내가 시켰다면 죽어도 안 했을 반찬장사를 스스로 하겠다는 게 얼마나 기특한가. 이 기회를 놓치면 안 되겠다 싶어 제대로 아내를 띄워줘야겠다고 마음먹었다.

"애들 유학비 마련하려고 반찬가게를 하겠다는 당신이 맹모지 맹모가 뭐 따로 있나. 신사임당 따로 있나. 당신이 바로 맹모고 이 사임당이지."

진심이었다. 뒤에 덧붙인 "우리 애들은 최소 맹자 아니면 율곡 정도로는 커 줄거야"라는 말은 물론 희망사항이었다. 착한 우리 마누라는 하늘을 날아갈듯 기분이 좋아져서 어쩔 줄 몰라했다. 두말없이 '오케이! 하이파이브!'를 외쳤다. 나는 경영학과 교수 출신답게 어느 교과서에나 있는 케케묵은 이야기를 아내에게 들려주었다. 평소 내 말에 귀를 기울이지 않던 아내도 막상 닥치니 뭐라도 들을 요량으로 귀를 세웠다.

"당신이라면 좋은 재료, 맛있는 반찬, 특히 '정직' '친절' '손님은 왕' 이런 것은 문제없어. 내가 하고 싶은 말은 딱 한 가지야. '일신우일신(日新又日新)' 날마다 새롭게 변할 것. 이것만 빼고는 모두 당신 맘대로. 급할 때는 언제나 SOS 쳐. 한 시간 내에 출동할 테니. 기둥서방 비상대기 중, 이상!"

오랜만에 서로를 쳐다보며 크게 웃었다. 물론 생맥주 한잔의 덕이 컸다.

날마다 변하랬더니 아내는 시작도 하기 전에 변해버렸다. 가게세가 300만 원이나 되니 반찬만 팔아서는 안 되겠다며 기왕이면 있는 반찬을 활용해서 밥도 팔아보겠단다. '그래, 그것이 좀 유식한 말로 수평적 계열화야.' 15평짜리 가게를 반으로 나눠 한쪽은 반찬을 팔고 한쪽은 밥을 팔기로 했다. 만약 반찬에서 경쟁자가 나타나면 밥에 더 신경을 써서 매출을 유지하고 이웃에 식당이 생기면 반찬을 더 잘 만들어 매출을 유지할 수 있다. 대기업이 문어발 경영을 하는 이유가 이렇게 위험을 줄이기 위해서다. 변화는 또 있었다. 시장바닥에 널린 반찬가게와는 다른 점이 있어야 한다며 카페형으로 하잔다.

우리나라 최초의 카페형 반찬 앤 식당? 좀 생소했지만 이제 반찬가게도 바뀔 때가 되었다. 우리가 선구자 내지는 개척자가 되자는 마음이었다. 잘나가는 카페 프랜차이즈 사장을 집사람 친구의 소개로 어렵게 만났다. "반찬가게도 이젠 카페형으로 바뀔 때가 됐습니다. 사장님 카페 가맹점들과 똑같이 인테리어 해주세요. 예산은 이것뿐입니다." 돈을 던지고 나와버렸다. 그 후 우후죽순 카페형 반찬가게가 생겼지만 원조는 물론 우리 아내의 반찬가게 '천석꾼'이다.

‘강진천석꾼’의
부활

모든 준비가 끝나고 가게 이름을 짓는 일만 남았다. 우리 집안 최초의 장사치가 되는 슬픈 영광을 우리끼리만 누려서야 되겠는가. 좀 계면쩍었지만 형제들을 모아 식사 자리를 마련했다. 조카들에게는 30만 원 현상금까지 걸었다. 그런데 정작 가족모임의 분위기가 어색하게 되어버리고 말았다. 문제는 누나였다. 이따위 장사를 왜 하냐고, 창피해서 죽겠다고, 이게 다 올케, 즉 내 아내 때문인 것 같다는 눈치를 보였다. 내 잘난 동생이 반찬가게를 할 만큼 몰린 데에는 올케 책임이 크다는 식이었다. 누나는 평생 ‘내 동생 선호’가 자랑거리였다. 우리 아버지 김, ‘형’자, ‘중’자 어른께서는 통일주체국민회의 대의원으로 장충체육관에서 박정희를 대통령으로 뽑을 때 바로 그 간접선거에 자랑스레 참여한 장본인이다. 전국에서 뽑힌 이 '의원님'들이 선거를 하러 상경하실 때 그 행차가 상당히 거했다. 술을 한잔 걸치면 아버지를 극복하려는 의미로 아들놈들한테 내가 늘 하는 말이 있다.

"할아버지는 말이야, 이승만 때는 이승만 박사를, 박정희 때는 박정희 장군을, 그리고 전두환 때는 전두환 소장을 좋아하셨어. 말하자면 언제나 힘 있는 사람 편이었지. 그런 사람을 만년 여당이라고 해. 맨날 반대만 하는 걸로 밥 먹고 사는 만년 야당도 문제지만 할아버지처럼 만년 여당도 문제가 없는 것은 아니야."

정말 그랬다. 나 어릴 적에는 이승만 박사와 만송 이기붕의 사진과 책들이 사랑채에 늘 굴러다녔다. 그 후에는 황소가 그려진 공화당보를 사랑채에 앉아서 읽었다. 특히 전두환 대통령 시절에는 "그 사람이 진짜 남자다!" 하다가 우리 동네 여러 '김 다이주 선생님 존경파'들에게 말깨나 들었다. 당시 우리 고향에서는 만년 여당이 상당히 희귀한 존재이기도 하지만 문제는 우리 아버지의 말하는 태도였다. 뭐든 '아무것도 모르는 것들이'라는 식이었던 것이다. 언젠가 전두환 대통령을 뵐 기회가 있으면 꼭 말해야겠다. 가령 "서울 가보니까 전두환이가 삼청교육대로 거지란 거지는 다 없애버려서 서울길이 시원해져 버렸어야"라든가, "그래, 전두환이가 독재해서 자네가 손해본 거시 멋인디?"라든지, "물가 팍 때려잡아 부러서 서

민들 살기만 좋아져 부렀꾸만"이라든지. 또 퇴임 후에는 이때다 하고 전임 전두환 대통령을 몰아세우는 언론, 정치인, 먹물들에게 "저런 모자란 것들, 전두환이 있을 때는 말 한마디 못한 놈들이!" 하다가 외톨이를 면하려고 주위 친구들한테 얼마나 많은 막걸리를 사야 했는지를 말이다. 그러고 보니 짝사랑 만년 여당이지 그들로부터 뭐 받아본 적도 없는 아버지는 힘 빠진 대통령에게도 변함없는 지지를 보내주는 거의 유일한 자칭 지식인이었던 것 같다. 너무나 뚜렷한 자기주장이랄까? 그러니 엄마는 얼마나 피곤했겠는가.

아무튼 아버지가 상경했을 때의 일이다. 우리 강진군에서 뽑힌 전체 통일주체국민회의 의원님들을 큰 버스로 영산포까지 모셨다. 그리고 그 당시 최고급 열차였던 새마을호로 서울역에 모셨다. 모두들 시골 유지답게 약간은 유행이 지난 양복을 입고 의기양양한 모습이었다. 도착해서 일단 서울역 앞에서 일동 기념촬영부터 했다. 그리고 일행 전체가 장충체육관이 가까운 을지로 어느 여관에 투숙했다. 누나와 나, 그리고 내 동생 셋은 아버지를 마중한 뒤 할머니가 밥을 해주는 서대문 적십자 병원 뒤 우리 집으로 갔다. 밤 11시쯤인가, 아버지가 집에 들러 100만 원짜리 뭉치 두 개와 파커 만년필을 던져놓더니 서둘러 다시 여관으로 돌아갔다. 당시 서울대 등록금이 10만 원, 연세대 등 사립대 등록금이 30만 원 정도였으니 200만 원은 결코 적은 돈이 아니었다. 돈과 만년필의 출처를 나는 아직도 모른다. 어쨌거나 결국 박정희는 전원 찬성에 무효 두 표의 압도적인 지지로 대통령에 당선되었다. 이 신문 기사를 본 아버지는 무효 두 표가 아까웠던지 "무식한 놈들이 한글로 박정희도 못썼구나." 하며 한탄했다. 지금도 우리 집 대청마루 뒤주 위에는 강진군수가 지프를 타고 직접 들고 왔다는 박 대통령 복사본 휘호 액자와 흉상이 있다. 아버지가 돌아가신 지 10년이 지나도록 내가 고이 모시고 있다. 바로 옆에는 전두환 장군이 대통령이 되고 나서 당시 공군 중위였던 나에게…… 뿐만은 물론 아니고 군인이라면 누구에게나 하사한 것으로 기억되는 구리로 만든 '국난극복기장'이 역시 30여 년이나 자리를 지키고 있다. 또 그 옆에는 노무현 대통령한테 받은 훈장도 있으니 만년 여당 기질도 유전되는 모양이다. 여하튼 우리 형제 셋은 서울역에서 아버지를 기다렸다. 물론 다른 집에서도 아버지를 기다리는 아들딸들이 여러 명 나와 있었다. 누나는 주위를 둘러보더니 내 귀에 대고 조용히 속삭였다. "여기 나온 애들 중에 니가 제일 잘 생기고 멋있다! 서울대 배지는 이럴 때 차야지 왜 안 차고 나왔어?"

당시 아버지는 나를 보면 장발에다 청바지만 입고 다닌다고 "그 놈의 머리를 한 짐 지고 어디 가냐?"며 항상 불만이었는데 우리 누나만은 그때나 지금이나 한결같다. 내가 세상에서 제일 잘 생기고 공부도 잘하고 멋있다는, 그래서 언젠가는 큰일을 한번 할 거라는 믿음이 여전하다. 그런 동생이 나이 들어 반찬 장사를 하겠다니 충격을 받은 것이다. 올케가 그동안 지 남편을 어찌 내조했기에 내 동생 팔자가 이렇게 되어버렸냐는 말씀이다. 누나를 따르자니 아내가 울고 아내 편을 들어주자니 누나가 '저 머저리 같은 새끼'라고 욕하게 생겼으니 아이고, 이 땅의 나처럼 잘난 동생들은 정말이지 모두 힘들다. 오랜만에 모인 형제들끼리 화기애애하게 이야기하면서 가게 이름도 논의하고 아이들한테 현상금도 주면서 축제 분위기를 유도하려고 했는데 분위기가 싱숭생숭해져서 그냥 서먹하게 정리했다. 아내와 나는 집에 돌아와 둘이서 머리를 싸맸다. 기왕 카페처럼 하는 김에 이름도 영어로 지으면 어떨까? 프레쉬 디쉬, 신선 반찬? 트레디셔널 사이드 디쉬, 전통 반찬? 등등을 생각해보았다. 아무리 그럴듯한 이름을 지으려 해도 마땅한 아이디어가 떠오르지 않았다. 그럼 한국식으로 가 보자. 인테리어 사장은 빨리 간판을 주문해야 한다고 독촉이 심한데도 떠오르는 게 없었다. 다른 반찬가게 이름들을 인터넷에서 찾아보기도 했지만 이름의 수준이 거기서 거기였다. 그러던 중 어느 날 작은놈이 툭 던졌다.

"그냥 우리 된장처럼 강진천석꾼이라고 해."

고향집에서 전통된장을 담가 추석이나 설날에 팔고 있는 우리 형제들의 공동 영농법인 이름이 '강진천석꾼'이다. 한때 천석꾼 집이었으니 천석꾼에 고향 이름을 따서 그렇게 붙인 것인데 그 말을 듣고 보니 괜찮은 것 같았다. 딱히 더 좋은 이름도 생각나지 않았다.

만석꾼은 너무 건방지고 뭔가 느끼하고, 그렇다고 시골집이니 고향
집 이런 것은 너무 겸손한 느낌이었다. 결국 천석꾼으로 결정했다.
지어놓고 보니 날이 갈수록 빛이 나는 정말 좋은 이름이었다. 나중
에 꿈을 키워 프랜차이즈를 한다 해도 부르기 쉽고 기억하기도 쉬울
것 같았다. 보통 사람들이 접해보지 못한 뭔가 맛있는 음식을 만들
어 먹는 천석꾼 집일 것 같은 느낌이다. 거부감도 없고 바로 이거다!
"통통해서 돈 많이 벌겠다는 당신 '수상'에 딱 어울리는 이름이다.
당신 이거 해서 진짜 천석꾼 되면 나 무시하지 마라." 역시 생맥주의
힘을 빌려 가게의 작명을 마쳤다. 천석꾼! 이승만의 농지 정리로 다
빼앗긴 수백 마지기 우리 논을 아내 덕에 다시 되찾을 수 있으려나?
하기사 못 찾으면 또 어떤가. 온 동네 사람들이 우리 가게 천석꾼을
제 부엌 드나들 듯 드나들며 포근한 인정을 느끼면 그것이 현대판
천석꾼이 아니고 무엇인가.

가는 말이 예쁘니
아내가 예뻐진다

가게의 개업일은 우리 가정의 경제 광복을 목표로 삼는다는 의미로 8월 15일 광복절에 맞추었다. 처음부터 아내는 나에게 반찬가게에 참견하지 말라는 조건을 내세웠다. 쳐다만 보라는 거였다. 이유는 누군가에게 가르치고 훈계하려는 내 못된 버릇 때문이었다. 초등학생일 때부터 낫 놓고 기역자도 모르는 우리 집 머슴 독바우 아저씨에게 '가갸 거겨……'를 가르쳤고 이후에도 대학 때 아르바이트를 하면서, 사관학교 교관 생활에서, 직장에서는 교육원 교관으로, 또 대학교수까지 하면서 가르치고 훈계하는 버릇이 제2의 천성이 되어 버렸다. 하지만 요즘 마나님들한테 그랬다간 당장 거리에 나앉는다. 자기도 나만큼은 알고 있다며 듣지도 않는다. 내가 가게에 나가지 않기로 한 또 한 가지 이유는 '여기저기 새로 생긴 음식점 보면 남편이 설거지나 서빙을 하고 있는데 그 꼴은 내가 못 보겠다. 혹 힘쓸 일이라도 있으면 그때 부를 테니 당신은 가게에는 아예 얼씬도 말라'는 아내의 엄명 때문이다. 남편이 잘리고 나서 반찬 판다는 소리는 듣고 싶지 않겠지. 8·15 우리 가정 경제 광복의 날이었다. 가게에 나가볼 수도, 집 안에 앉아 있을 수도 없어 거실을 왔다 갔다 하는데 궁금한 마음을 더 이상은 억누를 수가 없었다. 점심 때가 거의 끝나가는 오후 1시쯤 가게 근처로 나갔다. '손님이 없으면 어떡하나. 마음 여리고 겁 많기로는 금메달감인 아내는 지금 얼마나 마음을 졸이고 있을까.' 하는 생각에 아내가 애처로워 눈물이 핑 돌았다. 마음이 조마조마해서 정면으로는 가게 쪽을 쳐다볼 수가 없었다. 가게 옆을 지나치며 슬쩍 가게 안을 살폈다.

그런데 이게 웬일인가! 떠들썩했다. 좁은 가게가 수십 명의 사람들로 북적북적했다. 밖으로 줄까지 서 있었다. 평소 식당이니 반찬가게니 하는 것과는 거리가 멀어도 한참 먼 내 고등학교 친구의 '마나님'들도 우리를 돕겠다고 허둥지둥 땀을 뻘뻘 흘리고 있었다. 길 건너 나무 밑에 서서 가게 안을 엿보았다. 사람들이 들고 나고 소리 지르고 난리통이었다. 집사람도 얼굴이 벌겋게 상기되어서 이리 뛰고 저리 뛰었다. 음식이 왜 이리 늦느냐고 소리를 지르는 야속한 사람도 여럿이었다. 이젠 식당에 들어가면 재촉하지 말고 무조건 얌

전히 앉아있어야지. 한나절이 여삼추였다. 꼼짝도 않고 지켜보았다. 저 많은 사람들이 어떻게 우리 가게가 오픈하는지를 알고 왔는지 정말 신기했다. 밤 9시가 되어 드디어 하루 14시간의 야단법석이 끝난 듯했다.

"고생했지?"

"정신이 없으니 뭐가 뭔지도 모르겠어요."

"그래, 집에 가자."

미리 실내 청소까지 해놓은 차로 아내를 귀하게 집으로 모시고 왔다. 밖에서 망만 보던 나는 기진맥진해서 집에 들어오자마자 마루에 누워버렸다. 그런데 아내는 14시간의 난장판을 견딘 사람답지 않게 피곤한 기색도 없었다. 오히려 얼굴에 생기가 가득했다. 현관에 들어서자마자 아무것도 돌아보지 않고 바로 부엌 식탁에 앉아 열심히 돈 계산을 했다. 계산을 끝내고 오늘 하루 매출이 총 102만 3천 원이란다. 아내는 '백만 원! 백만 원!'을 외치며 환호했다. 평소답지 않게 방방 뛰기까지 했다. 돈이 좋긴 좋은 모양이구나. 나더러 속물이라던 당신도 별 수는 없구만. 그래도 난생 처음으로 스스로 번 돈 100만 원에 환호하지 않을 사람이 어디 있겠는가.

나도 속으로는 엄청 흥분했지만 선비답게, 그냥 별것 아니라는 듯이 "그 정도면 괜찮은 거야?" 하고 넌지시 물었다. 역시 생맥주! 이런 날이야말로 면도칼로 목젖을 가르는 듯한 '아사히 슈퍼 드라이’의 짜릿함을 맘껏 즐기자. 건배! 이 사장님, 아니 이 사임당 축하!

뛰는 말도 계속해서 추임새를 넣어주고 발뒤꿈치로 살살 박차를 가해야지 신이 나서 달린다. 그냥 말 등에 올라타 멀대처럼 가만히 앉아 있으면 지도 풀이 죽어 금방 서 버린다. 그렇다고 박차를 너무 세게 차버리면 말이 놀라거나 화를 낸다. 마찬가지로 아내도 매번 신나서 일하게 하려면 닭살이 오르는 칭찬을 입에 붙이고 살아야 한다. 북하고 장구를 아예 매고 다녀야 한다. 칭찬도 수준이 있다. “당신 돈 버는 데에 소질 좀 있는데!” 이런 칭찬은 하나마나다. “당신 얼굴은 별론데 마음은 최고야.” 이런 소리를 하는 인간은 현지 사살감이다. “당신 성깔은 좀 더러워도 얼굴 하나는 끝내준단 말이야”라고 말하고 나서 그날 밤 12시에 친구들을 한 열 명 데리고 집에 들어가 자고 있는 아내를 깨워 “남편 친구 분들이 오셨는데 술상 좀 봐줘!”라고 호통까지 쳐보시라. 무사통과를 우리 헌법 제1조가 보장하고 있다.

개업한 후 몇 달이 지나자 동네 할머니, 할아버지들이 아내한테 ‘우리 며느리’ ‘우리 수양딸’이라며 당신들의 아들, 며느리, 손자까지 데리고 와서 반찬 사가고 뷔페를 드신다. 젊은 부부들은 “사모님 혹시 다른 반찬도 하세요?” 하면서 아이들 돈가스를 먹이니 수지도 계속 좋아졌다. 진짜 수지 좀 맞았다.

새로운 사실도 알게 되었다. 곰이 여우를 이긴다는 것! 말수 적은 아내를 둔 탓에 평생을 제발 마누라 애교 좀 받아봤으면 원이 없겠다고 생각하며 살았다. 여우하고는 살아도 곰하고는 못 산다는 할머니의 말을 듣고 '그 말이 내 말'이라고 무릎을 쳤는데 꼭 그렇지만은 않다는 것도 알게 되었다. 아내의 곰 같은 태도가 사람들에게 통했다. 부부 생활에서는 혹 모르지만 장사에는 곰이 여우보다 확실히 낫다. 곰이나 여우 운운은 그냥 친구들과의 술자리에서 집사람 흉볼 때나 하는 소리고 집에서는 "당신 얼굴이 갈수록 예뻐지는데!"라는 감탄으로 기분 좋은 가정의 분위기를 만들기 시작했다. 가는 말이 예뻐지니 아내가 안쓰럽고 미안한 마음이 자연스럽게 생겼다. 어느덧 고운 말로 집사람의 등을 두들기는 자상한 남편이 되어 있는 나 자신을 발견했다. 아침에 집사람이 '출근하실' 때는 도요토미 히데요시가 추운 겨울 주군의 신발을 자신의 가슴에 넣어 데우고 있다가 주군이 방문을 열기 직전에 댓돌에 올려놓았다듯이 나도 미리 주차장으로 내려가 차를 데워 놓고 기다린다. '이 사장님'이 집에서 나오시면 공손히 인사하고 차문을 열어 드린다. 아내는 키득거리면서도 그리 싫지는 않은 표정이다. 그리고 차가 출발하면 뒤에서 공군 장교 출신의 멋진 거수경례로 확인 사살까지 한다. 뒤에서 자기 사장님을 기다리는 기사들이나 몇 년 전의 내 모습처럼 턱에 힘을 주고 나온 사장들이 '저 인간이 남자 망신은 다 시키고 있네.' 하는 표정으로 나를 힐끗거리며 보지만 난 상관없다. 속으론 이렇게 말한

다. '야, 자식들아. 나도 다 해봤어. 너희들이 내 나이에 나만큼만 하면 내가 춤을 추겠다.'

가정을 일으키겠다고 새벽부터 고생하는 사랑스러운 내 아내를 내가 아껴주지 않으면 누가 아껴주겠는가. 새로운 일에 개척자로 도전하여 성공을 이끌어낸 집사람이 대견스럽고 고마웠다. 몸은 고되지만 뿌듯한 보람을 느끼는 모습이 역력해서 보기도 좋았다. 매일 밤 아내가 퇴근해서 들어오면 목소리를 굵게 바꿔 묻는다.

"어이, 이 사장, 오늘은 얼마 벌었나?"

"오늘도 백 넘었죠, 회장님."

"수고 많았구만. 내일도 계속 수고하라고!"

제법 회장 때깔이 난다.

경영의 신이 된
아내

반찬가게와 식당이 결합된 멀티숍의 효과는 컸다. 하루가 지나면 버려야 하는 반찬의 재고가 반 이상로 줄었다. 덕분에 매일매일 신선한 반찬이 나올 수 있었다. 반찬가게의 골칫덩어리였던 재고와 신선도라는 두 마리의 토끼를 모두 잡을 수 있었다.

바꿔야 할 것은 오픈 이후에도 계속 나타났고 변하는 순간마다 매출은 올라갔다. 밥 손님이 늘자 일일이 그릇에 밥을 퍼서 내놓는 방식은 감당하기 어려웠다. 너무 늦게 나온다는 손님들의 불평도 생겼다. 아내가 "뷔페식은 어떨까요? 각자 좋아하는 반찬을 선택하도록 하는 거죠." 하고 물었다. 나도 속으론 '바로 그거야!' 하면서도 "나한테 묻지 마, 책임경영도 몰라?" 하며 발을 뺐다. 그냥 명색이 경영학 교수답게 이렇게만 말해 주었다. "'Innovation is to meet the unsatisfied demand.' 충족되지 않은 수요를 충족시키는 것이 혁신이라는 소리야. 그럴듯하지? 사업은 곧 혁신 아니겠어?"

원리는 이렇다. 손님에게 자기가 먹고 싶은 것을 스스로 고르고 싶다는 욕망이 있고, 그것이 충족되지 않았다면 사장이 바로 실행하면 되는 것이다.

"당신이 최종 의사결정자야, 반찬가게라니까 주방용품 사장부터 청소 아줌마, 외상 먹는 일용직 아저씨까지 다들 이래라저래라 경영 코치하려고 하는데 사실 사업이 작다고 간단하기까지 한 것은 아니잖아? 대기업과 같은 문제들이 여기, 지금 당신의 작은 가게에서도 똑같이 일어나고 있는 거야. 당신이 사장이니까 중심을 잡고 그때그때 과감하게 결정해버려."

말끝마다 사장, 사장 하니 아내는 기분이 좋은 모양이었다. 정말이지 사업에 관해서는 말 한마디도 허투루 할 수 없다. 한번 삐끗하면 바로 망하는 것이 사업이다. 부부 간이라도 서로 격려하고 칭찬하고 같이 울고 같이 웃어야 한다. 그것이 동기부여이자 인센티브다. 직장을 다니고 있다면 회사도 더 열심히 다녀야 한다. 아내가 장사든 뭐든 돈을 버는 사람일 경우 회사에서 크게 성공하는 남편이 별로 없다. 믿는 구석이 있으니 조직생활 어디에나 있기 마련인 작은 어려움도 못 참고 '내가 이따위 회사 아니면 못 먹고 사나?' 하며 쉽게 사표를 쓰고 인생 내리막길에 들어가는 경우가 천지다.

　　뷔페식을 도입해 혁신한 결과 밥 손님이 30퍼센트는 늘었다. 나는 곁에서 "그래, 고객이 왕이야. 왕이 원하는 대로만 하면 돼"라며 계속 북 치고 장구 치며 기를 세워주었다. 그 후에도 일주일이 멀다하고 또 이것저것 물어오면 나는 그저 "나는 모르겠어, 죽을 쑤든 밥을 하든 사장인 당신이 결단할 수밖에 없어"라고만 대꾸했다. 그 말은 진실이었다. 아무리 작은 사업이라도 해보면 안다. 고도의 판단이 늘 필요하다. 이 단계는 이미 교과서의 영역을 넘어선다. 교과서로 구구단을 외웠다면 사업을 할 때는 이 구구단으로 실제 곱셈과 나눗셈을 해야 한다. 그리고 틀렸을 때 선생님에게 꾸중을 듣듯이 모든 결정에는 언제나 실패의 위험이 따른다는 각오를 해야 한다. 그래서 자문으로서의 나의 역할은 여기까지라고 생각했다. 구구단이 틀렸을 때 나서야지 곱셈 나눗셈에 관한 조언은 지금 충분히 잘하고 있는 아내의 과감한 변화를 더디게 할 수 있다. 무엇보다 반찬가게에 관해서는 이제 내 아내가 전문가다. 아내의 사업에서 나의 역할은 순수하게 '셔터맨' 또는 든든한 '기둥서방'으로 족하다.

　　아내는 요즘 평소 친하게 지내는 내 고등학교 동기들의 아내들, 전직 차관 부인, 교수 부인, 조선소 사장 부인 등 '사모님'들과 함께 날마다 호호 히히 언니 동생하면서 즐겁게 일한다. 나는 '그래 그것이 펀(fun)경영이라는 거야'라는 생각으로 흐뭇하다.

좋은 재료를 써서 제 부모 밥상에 올리듯, 또 제 자식에게 밥을 먹이듯 정직, 성심으로 동네 부엌 노릇을 하면 그것이야말로 성공한 마케팅이지 뭐 별 거 있나. 오는 손님들은 가게 주인의 진심을 귀신처럼 안다. 고객 감동을 넘어 졸도 마케팅만이 살 길이다.

광교 신도시 주변에서 새 집을 고치는 인테리어 기술자들이 밥 먹을 곳이 없다며 도시락 배달을 원했다. 손이 남는 누구든 배달하게 하고 배달한 개수만큼 추가 보수를 지급하니 서로서로 배달하겠다고 나선다. 이것은 바로 '성과 보상제'다.

새로운 반찬과 요리법의 개발을 위해 신문에 종종 출현하는 유명한 선생님들을 찾아가 배우고 기회가 되면 그분들을 초대하여 반찬의 퀄리티를 업그레이드 하니 이게 바로 '신기술 도입!'이다.

얼마 지나지 않아 인근 10킬로미터 반경까지 아내의 반찬가게 '천석꾼'이 소문났다. 옛날에 모시던 아는 분이 우리 가게를 찾아오시다 길거리 아주머니한테 천석꾼이 어디냐고 물었단다. 어디쯤에 있다는 소문을 들었는데 저쪽으로 가보란 말을 듣고 쉽게 찾아오셨다고 했다. 아내는 삼성전자 부장급 수입 정도가 되니 슬슬 가게를 하나 더 냈으면 했다.

"신중해야지. 지금의 가게를 완벽하게 경영하고 그다음에 조금씩 사업 확장을 생각하자. 섣불리 키우다가 여차하면 동반 추락할 수도 있어. 알지? 내실 경영!"

　이렇게 처음 배운 구구단을 계속 환기시켜주는 것도 ‘기둥’의 역할이다.

　그렇게 가게가 승승장구하자 구체적으로 다음 계획을 생각해보게 되었다. 아내가 강습소를 하나 차리는 것도 나쁘지 않을 것 같았다. 어느 날 시간이 나서 아내와 장래의 계획에 관해 이런저런 이야기를 나누었다.

　“요즘 우리나라 사람들이 한식만 먹는 게 아니잖아. 다 퓨전이지. 그렇다면 당신이 배운 커피부터 시작해서 이탈리아식, 일본식, 중국식까지 아우르는 ‘한국의 가정 요리’라는 새로운 장르를 만들어보면 어떨까. 가정주부나 창업을 원하는 베이비부머들에게 가르쳐주면 좋을 것 같은데. 그리고 결혼을 앞둔 신혼부부도 이런 거 배워두면 좋지. 나도 창업 경영학을 가르치던 교수이니 창업 실무도 한두 번 설명해줄 수 있고 말이야. 아니면 이 기회에 내가 아예 창업 멘토로 나설까? 학문적인 배경도 되고 다양한 실무까지 갖춘 창업 멘토가 우리나라에 몇이나 있겠어. 교수도 해보고 대기업도 알고 스몰 비즈니스도 아는 사람이 흔하진 않잖아. 돈은 당신이 버니까 나는 그냥 막걸리나 한잔 얻어먹으면서 퇴직금 몇 푼 들고 우왕좌왕하는 베이비부머들과 전업주부 아내들을 위로하면서 맞춤식 창업도 도와주는 거야. 이름하여 ‘한 평 창업 사회적 멘토’랄까? 비용은 막걸리에 열무김치 한사발이라는 의미에서 ‘사회적’인 거고 소규모란 의미로 한 평, 마누라는 돈 벌고 남편은 폼 잡고 그럴듯하지? 비용을 덜 들이려면 사무실 같은 건 얻지 말고 그냥 우리 아파트를 개조해서 하는 편이 낫겠다. 당신 요리 학원도 집에서 하고.”

　나는 폼만 잡고 아내는 궂은 일 시키겠다는 비겁한 계획인데도 아내는 토를 달지도 않고 웃으면서 들어준다. 그러다 우연히 보게 된 아내의 손을 보게 되었다. ‘아차’ 했다. 이게 웬일인가. 엉망이었다. 손가락에 토실토실 살이 많으면 돈이 붙는다는 수상학을 믿고 ‘언젠가는 마누라 덕 좀 보겠구나.’ 하고 생각한 적도 있었다. 그랬던 아내의 손가락 마디가 몰라보게 굵어졌다. 대신 손가락 살은 쪽 빠져 돈은커녕 밥도 안 붙게 변해버렸다. 흉터도 생채기도 한두 군데가 아니었다. 자고 일어나면 손가락을 못 펴겠다고 “아, 아…….” 하더니 이 정도일 줄은 몰랐다. 고맙고 미안했다. 그렇구나. 혁신도, ‘일신우일신(日新又日新)’도 결국 끝없는 노동의 다른 표현일 뿐이구나. 지천명이 되어서야 새롭게 알았다.

사업을 시작하기 전에 알았더라면

왜 있잖은가. 적절히 뚱뚱한 아주머니가, 적절히 초라한 가게에서, 적절히 싸구려 옷을 입고, 적절히 돈독이 오른 말씨로 파는 반찬 있잖은가. 적절히 싸구려 재료를 써서 적절히 건강에 나쁠 것 같은, 그래서 살까 말까 머리가 복잡한 반찬이 있지 않은가. 이렇게 제곱으로 망설여지는 반찬가게의 탈을 완전히 벗고 카페 스타일의 완전히 새로운 가게로 만든 것, 손님들이 반찬을 사거나 밥을 먹기 위해서 오는 것보다 카페에 차를 마시러 오는 분위기를 느낄 수 있도록 한 것까지는 좋은 선택이었다. 그렇다고 해도 인테리어 비용은 더 줄였어야 했다. 반찬가게를 해서 돈을 벌면 얼마나 벌겠는가. 인테리어 비용으로 8,000만 원 정도를 들인 것은 사업의 규모에 비해 너무 컸다. 모던한 카페 분위기를 내되 돈을 많이 들이지 말라? 물론 어렵다. 그래도 인테리어 비용은 그냥 없어지는 비용이 아닌가. 인테리어에 1억을 들이면 월 400만 원을 2년간 벌어야 하는 돈이고, 매달 2백만 원을 4년간 저축해야 하는 돈이다. 4년이 지나고 나서 인테리어를 바꾼다 해도 결국 매달 200만 원씩 인테리어 비용을 지불하고 있다는 감가상각비를 계산했어야 했다. 그때는 괜한 허영으로 바닥을 평당 150만 원이나 드는 이태리제 타일로 하라는 업자의 말을 곧이곧대로 믿었다. 돈은 돈대로 들고 청소는 청소대로 불편했다.

주방기기야말도 100퍼센트 후회뿐이다. 경험 많은 사람들에게 잘 물어보고 신중하게 선택했어야 했는데 그냥 주방용품 가게 사장만 믿고 이 양반이 시키는 대로 한 것이 실수였다. 내 고정관념 때문이었다. 주방용품 사장을 만났을 때의 일이다.

"사장님은 고향이 어딥니까?"

"거젠데예."

"거제도요? 김영삼 대통령 고향인 거기 말이죠. 그분 장목 생가도 가봤는데. 그럼 사장님 마음대로 골라서 해주시고 돈이 얼마 되든 청구하십시오. 거제도 사람은 정직 하나는 끝내주니까요."

이상하게도 나는 김영삼 대통령은 거짓말이라고는 하나도 하지 못할 사람으로 생각된다. 오히려 너무 솔직해서 문제라고 생각했다. "일본 놈들의 버르장머리를 고쳐 놓겠다"고 말했을 때는 나도 그놈

들 버르장머리 고치러 현해탄을 건너가긴 건너가야겠는데 몽둥이
를 가지고 가야 하나 아니면 죽창을 만들어 가야 하나 고민 좀 했다.
그의 "머리는 빌려도 건강은 못 빌린다." "닭의 목을 비틀어도 새벽
은 온다." 등의 어록들도 좋다. 내가 주방기기 사장에게 절대적인 신
뢰를 보낸 이유는 또 있었다. 공군 2사관 학교에서 공군 청년 장교
로 전투조종사를 양성하고 있을 때 기상학을 가르치던 부산대 출신
김 대위라는 형이 있었다. 이 양반이 바로 거제 출신이었다. 같은 집
에서 하숙을 하는 우리는 매일 고스톱에 열중하곤 했다. 근데 이 형
이야말로 고스톱의 알파요, 오메가였다. 어찌 된 일인지 내가 뭘 들
고 있는지를 다 알고 있었다. "야, 김 중위 인마. 비피 데리고 살래?
내라." 아니, 피 두 장으로 쳐주는 비피를 다른 사람도 아닌 내가 움
켜쥐고 있는지를 어떻게 아나? 혹시 타짜처럼 화투짝 뒷면에 무슨
형광 칠이라도 했나 싶을 정도였다. 그런데도 나에게는 이 형이 황
금어장 그 자체였다. 이유는 간단했다. 나는 내가 선을 잡으면 나한
테는 여덟 장을 돌리고 다른 사람에게는 원칙대로 일곱 장만 돌린
다. 고스톱에서 한 장 더 든다는 것은 이미 이기는 거나 진배없는 것
아닌가. 설령 중간에 누군가 나지 않아도 끝에 가면 당연히 짝이 맞
지 않게 되어 있으니 얼른 화투짝을 던지며 "파토! 누가 한 장 더 가
진 거야?" 하면서 섞어버리면 끝이었다. 그리고 나는 계속 선을 잡
을 수 있으니까. 이 고스톱 귀신이 그걸 모를 리가 있겠는가. 그런데

도 그 형은 언제나 모르는 체 실실 웃기만 하며 내게 돈을 보태주었다. 당시 중위 봉급이 10만 원이고 매월 10일이면 식비 3만 원이 나왔는데 내가 이 형한테 매달 고스톱으로 따먹은 돈이 5만 원 정도였다. 거제 출신 선배를 이렇게 장기간 대거 속여먹었으니 이제는 내가 다른 거제 사람에게 보답할 때가 아닌가. 결론을 말하면 보답 한번 제대로 했다. 쓸모없는 주방용품과 가구들이 좁은 주방 한가운데를 멀뚱히 차지하고 있는 것을 볼 때마다 그 형이 원망스럽다.

반찬가게의 일이라는 것이 모두 사람의 손으로 하는 일이라 절대로 아내 혼자서 다 할 수가 없다. 일할 사람을 구해야 하는데 일이 많고 고되다 보니 대개는 몇 달을 못 견딘다. 사실 반찬가게나 조그만 식당은 큰 투자가 필요한 것도 아니고 대단한 수입을 올리는 사업도 아니라 사장이나 종업원이나 매한가지다. 주인은 '당신 없어도 일할 사람 많아'라고 생각할 수도 있다. 종업원은 종업원대로 '기분 나쁘면 나도 돈 좀 들여 이까짓 것 하나 내면 되지 뭐. 나도 한때 잘나가던 압구정 밍크코트 사모님이야'라고 생각할 수도 있다. 당장 내일 그만두겠다며 소주 두 병을 그 자리에서 들이켜버리는 주방실장도 있었다. 반찬가게의 이런 구조에 익숙하지 않은 사람은 종업원들에게 너무 많은 기대를 하다가 마음을 다쳐 배신감을 느끼게 되기까지 한다. 가장 좋은 선택은 주인이 '우리 집을 드나드는 좋은 사람들하고 언니 동생하며 지내야지'라는 마음으로 사귀는 것이다. 1년에 열 명이라고 치면 10년이면 백 명의 '언니, 동생'이 생기지 않는가. 그렇게 할 자신이 없으면 그냥 쿨하게 사무적으로 '인사관리'를 하면 된다. 그렇지 않으면 이 문제로 사장은 사장대로, 종업원은 종업원대로 서로가 마음의 상처를 입게 된다.

마지막으로 한 가지 더 후회되는 것은 외상 문제다. 외상을 너무 많이 깔아놓으면 나중에 수금이 불가능하다. '설마 밥값을 떼먹겠어?'라고 생각할 수도 있겠지만 진짜 떼먹는다. 집사람은 번지르르하게 양복을 차려 입고 말도 술술 잘 하는 남자가 외상 장부를 만들러 오면 절대 만들어주지 않겠단다. 롤렉스 금시계를 차고 전화 말끝마다 몇 억이 어쩌고 하며 통화하는 사람은 100퍼센트 떼먹는다. 큰돈 상대하는 사람이 쪼잔하게 밥값 따위에 신경 쓸 겨를이 있겠는가. 결론부터 말하면 외상 장부를 만들 때는 50퍼센트는 못 받는다는 각오로 만들면 된다. 실제로 한 30퍼센트 정도는 못 받는다. 그까짓 외상값 받으러 여기 기웃, 저기 기웃할 수도 없는 노릇이니 애초에 관리를 잘 해야 한다.

아이들에게는 참교육,
내 비자금은 '탑 시크릿'

아내가 새벽같이 가게에 나가야 해서 내가 대신 고3 수험생인 작은 놈의 아침을 차려주게 되었다. 여느 때처럼 햇반 하나 데우고, 며칠 동안 먹었던 김치찌개를 다시 전자레인지에 넣어 상을 차렸다. 계란 프라이까지 하나 하고 김 몇 장을 올려놓고는 녀석을 깨워서 식탁에 앉혔다.

출근 준비를 하고 있는데 부엌에서 "에이, 뭘 먹으라고." 하는 소리가 들렸다. 부엌에 가보니 이놈이 밥을 뒤적이고 계란 프라이를 젓가락으로 콕콕 찌르면서 방정을 떨고 있었다. 속이 확 올라왔지만 제대로 된 밥상을 차려주지 못한 미안함이 앞서서 부드러운 목소리로 "맛있게 먹어야지." 했다. 그런데 이 자식, 짜증 섞인 목소리로

"먹을 게 있어야지 먹지! 맨날 똑같은 거." 하며 숟가락을 탁 놓는 게 아닌가. 수저가 식탁에 부딪치는 소리를 듣고 흥분해버렸다. 이 놈의 머리통을 주먹으로 갈기며 소리를 꽥 질렀다. "먹기 싫으면 먹지 마. 다 너희들 위해서 엄마 아빠가 이 고생하는데 뭐가 어째?" 하면서 햇반 그릇을 싱크대에 패대기쳐버렸다. 애는 분을 못 삭인 얼굴로 식탁에 꼼짝 않고 앉아 있고 나는 거실 소파에 앉아 약 3분 정도 화를 다스리다가 현관문을 쾅 닫고 집을 나와버렸다.

막상 나와서 생각해보니 아무리 그래도 다 큰 놈한테 또 손찌검을 했구나 싶어 내 솥뚜껑만한 손을 물어뜯어 버리고 싶었다. 한 10분 지났을까. 핸드폰 화면에 작은놈 전화번호가 떴다. 짐짓 아무렇지 않은 척하며 전화를 받았다. "아빠, 미안해." 녀석이 계면쩍게 한마디 했다. 얼떨결에 아무말도 못하고 전화를 끊었다. 가슴이 뭉클했다. 이놈도 부모 마음을 다 아는구나. 아들놈의 변화만으로도 반찬가게 부수입치고는 충분했다.

유행인지 뭔지 지 손목에 무거울 정도로 큰 시계만 사서 차던 놈이었다. 인터넷 쇼핑몰에서 청바지를 열다섯 장이나 사 나르고, 치킨도 유행 따라 꼭 만7천 원 짜리만 배달시키던 녀석이 이제는 동네에서 제일 싼 8천 원짜리 치킨을 직접 사와서 먹는다. 그러면서도 외식한다고 미안해했다. 큰놈은 토요일이면 학교 식당에서 하루 종일 아르바이트를 한다고 했다. 미국은 이발비가 비싸다며 머리도 스스로 자른단다. 한 주 용돈을 버스비 포함해서 30불 이상 쓰지 않기로 했다나. 지 엄마는 안쓰러운 마음에 '남자가 궁상떨지 말고 쓸 때는 팍팍 쓰라'고 하지만 아니란다. 아르바이트 시간을 늘리겠단다. 참교육이 별 게 아니구나 싶었다. 근검절약하지 않는 사람치고 제대로 된 인간을 본 적 있는가. 부모가 애들에게 '진짜로' 가르칠 것이 있다면 바로 근검절약이 아닌가. 우리는 반찬가게 일을 통해서 아이들에게 참교육을 가르친 것이나 다름없다.

나에게 생긴 부수입도 컸다. 가정 경제 걱정을 어느 정도 떨치고 나니 콧노래가 저절로 나오고 하는 일마다 능률이 올랐다. 오랫동안 나를 괴롭혔던 우울과 절망도 점차 나에게서 떠나가고 있었다. 새로운 도전에 대한 자신감도 생겼다. 가장의 목줄을 매고 있는 가정 경제를 집사람이 책임진다는데 내가 새 도전을 하지 못하면 그것이야말로 정말 바보가 아닌가. 나는 일단 책을 쓰기로 마음먹었다. 나처럼, 또는 나보다 더 어려운 인생 후배들에게 내가 경험한 진짜 삶의 모습을 보여주고 싶었다. 자살 직전까지 나를 몰고간 고독감과 절망, 모멸을 이야기하며 함께 울고, 함께 걱정하고, 서로 격려하며 새 희망을 꿈꾸게 도와주고 싶었다. 이것이 내 인생 최초이며 최대의 도전이 된 이 책을 쓴 이유이자 목표다.

　진짜 '탑 시크릿' 부수입도 있다. 가게 일로 바쁜 아내를 대신

해서 돈 넣는 일만은 언제나 믿을 수 있는 내 차지다. 아침마다 전날 번 돈을 현금인출기에 넣으면 되는데 이 현금인출기라는 놈이 효자 중에 효자다. 돈이 조금만 구겨졌거나, 약간 찢겨나갔거나, 아니면 만 원짜리가 구권인 경우에는 이놈이 '인식하지 못 합니다.' 하며 돈을 토해내는 것이다. 기계가 먹지 않겠다는데 내가 먹어야지 누가 먹나. 양심에 일말의 가책을 느낄 필요 없이 떳떳하게 내 지갑 속으로 직행! 하루 3만 원 정도? 이 정도면 충분하진 않아도 짭짤한 정도는 된다. 헌 돈이라고 안 받는 곳은 대한민국 어디에도 없는데 좀 구겨지면 어떤가. 간혹은 5만 원 권도 토해준다. 돈이 더 필요하면 5만 원 지폐의 귀퉁이를 살짝 접어서 넣어주면 된다. 비자금이라고 해봐야 친구들하고 막걸리 마시며 나의 비자금 조성 경위를 자랑스레 말해주고 배꼽 잡게 한 후 "그래 오늘은 내가 비자금 세탁 좀 하지." 하며 술값을 내는 정도다. 솔직히 이만한 즐거움이라도 우리 나이에 어디 쉽나.

밖으로 내놓지 못하던 마음 속 깊은 곳의 불안도 많이 해소되었다. 이제는 내가 죽어도 처자식이 밥은 굶지 않겠구나. 유령처럼 나를 따라다니던 '내게 혹시 무슨 일이라도 일어나면 처자식은 어쩌지?' 하는 불안에서 벗어났다. 이제 두 다리 쭉 뻗고 잔다. 자살할 자격도 없는 나였지만 이제 나는 자유인이다.

부부 사이에도 다시 봄이 왔다. 이전에 우리 부부는 따로 잠을 잤다. 나는 거실 바닥이나 소파에서, 심지어는 제일 따뜻한 부엌 바닥에서 늘어져 자고 아내는 안방에서 자는 것이 일상이었다. 때론 서로 어디서 자고 있는지 모를 때도 있었다. 그랬던 우리가 장사를 시작하고 나서는 일요일 하루의 휴식이 너무도 달콤하다. 늘 함께 있는 시간에 목을 맨다. 자연히 손을 꼭 잡고 잠자리에 든다. 간혹은 신혼 못지않은 달콤함으로 빠져들기도 하면서 말이다.

주부가 나서야
나라가 산다

전적으로 우리 아버지 탓이다. 아버지는 말끝마다 '멍청한 느그 엄마'를 붙였다. 평생을 세숫물 떠다 바치는 당신 아내한테 언제나 '멍청이'라고 윽박질렀다. 나도 피 탓인지 아니면 아버지가 보여준 '모범 교육' 탓인지 아내를 아무런 걱정 없는 자칭 '고상녀' 내지는 '무능녀'로 낙인찍어 나 없으면 어디 가서 식은 밥 한 덩이 못 얻어먹을 사람으로 치부해버렸다.

하지만 실은 아내가 아무 걱정도 안 한 것이 아니었다. '남편이 잘리면? 혹 남편에게 무슨 일이라도 생기면 내 새끼들은?' 하는 고민을 나보다 더 절실하게 하고 있었다. 돈 좀 벌어다 준다는 핑계로 내가 무시하고 방치하고 있는 동안 아내는 혼자 끙끙 앓고 있었다.

잠을 못 자고 있었다. 가정에 대한 걱정으로, 돈 걱정으로 이미 우울증이 깊었다. 마음에 걱정이 가득한데 얼굴이 밝을 리가 있는가. 정작 속없는 인간은 나였다. 아내 속도 모르고 '나는 턱 밑에서 아양 떠는 명랑한 애교 언제나 한번 들어볼까?' 하고 있었다. '다른 집 부인들은 다들 콧소리 내며 재미있게 잘도 살던데 아이고 내 팔자야.' 했다. 간혹 아내가 "나는 뭐지, 내 인생은 어디 있지?" 하며 속으로 앓고 있는 고민을 내비추면 나의 대답은 한결 같았다. "당신 인생이 가족과 함께 여기 집에 있지 어디 있긴 어디 있어?" 나는 아내가 엉뚱한 소리, 현실감도 없는 소리나 해댄다고 생각했다. 심지어는 아무 걱정도 없는 사람으로 취급하며 비웃고 있었다. 하지만 아내는 일단 가정을 책임질 각오로 사업을 시작하자마자 100미터를 달리는 스프린터처럼 몸을 던졌다. 혼자 감추고 있던 마음의 우울이나 몸의 병도 한 방에 날려버렸다. 인생이니, 행복이니, 우울이니, 신이니 하는 뜬구름 같은 말들이 쑥 들어갔다. 항상 싸움의 시작이 되곤 했던 '누구 집 남편은 무슨 사업을 해서 돈을 엄청 번다느니, 누구누구는 무슨 차를 탄다느니, 강남 어디 아파트는 값이 얼마라느니, 어느 집은 유럽여행을 다녀왔다느니, 누구는 공부도 못했는데 남편 잘 만나서 잘 산다느니' 하는 소리도 쑥 들어갔다. 그때마다 뒤틀리던 나의 비위도 건강을 회복했다.

'이 사람이 무슨 돈을 벌어?' 하던 내 생각은 완전히 잘못된 생각이었다. 전업주부 생활 25년 만에 아내는 반찬의 달인, 한중일 요리의 달인, 이탈리아 음식은 물론 커피의 도사가 되어 있었다. 그것만이 아니었다. 세상 인심을 현장법사 손오공 내려다보듯 다 내려다보고 있었다. 사람들의 마음을 읽는 데는 나보다 아내가 훨씬 위였다. 무엇을 할 것인지 사업 아이템 고민부터 입지, 생산과 마케팅에 AS까지 경영학 교수인 나보다도 훨씬 고수가 되어 있었다. 전업주부 25년에 경영의 신이 되어 있었다.

한 가지는 확실히 알게 되었다. 적어도 한국 사람은 여성들이 남성보다 훨씬 낫다. 남자들이 입만 살아 사색당쟁이나 하고, 평양기생한테 송곳니까지 빼주고, 중국 되놈들을 '아버지! 형님!'이라 부르면서 금은보화도 부족해 앞다투어 미스 고려와 미스 조선을 바치고 있을 때 여성들은 똥을 퍼날러 농사짓고 나물 뜯어 시부모와 자식들을 굶주림에서 구해내지 않았는가. 맨발로 산에 올라 지게 지고 땔나무하여 부모와 자식들의 추위를 막아내지 않았는가. 남성들이 너도나도 일제의 앞잡이가 되어 나라를 통째로 바친 것도 모자라 정신대까지 바치며 '덴노헤이카 반자이!' 천황 폐하 만세를 부르고 있을 때, 남정네들의 그 찌질한 모습에 쯧쯧 혀를 차면서도 짐짓 모른 체 말없이 '조강'으로 죽 쑤어 시부모를 봉양하고 노망한 시부모의 똥오줌을 받아낸 사람들이 아닌가.

먹물들이 아이들은 놀아야 한다, 칭찬해야 한다, 삶의 속도를 늦춰야 한다 등의 속 편한 소리를 하고 있을 때 아이를 당당하게 제 앞가림하는 인간으로 만들고 있지 않은가. '수신제가 치국평천하(修身齊家 治國平天下)'를 이 땅에서는 남성들이 아닌 여성들이 하고 있다.

전업주부들을 가정에서 해방시켜야 한다. 세상을 향해 한껏 능력을 발휘해 폭발하도록 해야 한다. 전업주부 경력 30년이라는 게 아무렇게나 얻어지는 게 아니다. 뭐든지 좋다. 음식이건 바느질이건 뜨개질이건, 정 없으면 시댁 싫어하는 것까지도 발상을 바꾸면 얼마든지 사업으로 연결시킬 수 있다.

시어머니와 사이가 최악이었던 나의 외사촌 여동생이 상담사 자격증을 따서 부천에 심리 상담소인지 뭔지를 차려 성업 중이란다. '상담소는 뭔 놈의 상담소냐? 개가 어려서부터 까졌더니만 점이라도 친단 말이냐.' 약간은 깔보며 가벼운 마음으로 들렀다. 그런데 이게 웬일인가. 높다란 건물 3층에 30평도 넘어 보이는 상담소에는 녹색 카펫이 단정하게 깔려 있고 바흐가 잔잔히 흐르고 있었다. 그 말괄량이가 언제 이렇게 컸단 말인가. 손님도 옆집 피부과보다 훨씬 많았다. 잠깐 차 한잔 얻어먹고 "야, 너 말이야. 옛날 대학교 때 미팅 시켜준다면서 맨날 너보다 못 생긴 물카들만 데리고 왔잖아. 그때 그 심리는 뭐냐?"는 실없는 농을 던지고는 대기실에서 기다리는 사람들을 위해서 서둘러 자리를 비켜주었다.

우리 잘난 찌질이 남편들은 전업주부라는 수류탄이 한껏 폭발할 수 있도록 안전핀을 뽑아버리기만 하면 된다. 한반도가 대폭발을 일으켜 세계에서 제일 잘 사는 나라가 되는 것은 단지 시간문제다. 무능녀였던 '곰 여사' 내 아내가 온몸으로 증명하고 있지 않은가.

내 아내는 장남 며느리라 제사상을 차리는 일이 잦고 시도 때도 없이 친구며 직원들을 떼로 몰고 오는 것도 모자라 날이면 날마다 엄마 무채, 엄마 고구마순 무침, 엄마 멸치젓, 엄마 뭐 뭐를 노래하는 속없는 남편을 둔 불리한 환경을 기회로 활용하여 반찬가게를 차렸다. 이렇게 각자가 제일 자신 있는 것을 골라 나서야 한다. 우리 잘난 남편들은 잔소릴랑 걷어치우고 마당쇠, 셔터맨 내지는 기둥서방 역할만 충직하게 하면 만사형통이다. 남성들은 서글플 필요 없다. 축구 최전방 공격수 스트라이커로 아내들을 우리들의 대리로 내세우자는 거다. 백전노장 우리들은 미드필더로 전체 게임을 조율하면서, 또 공수에도 수시로 가담하면서 간혹 윙으로 변신하여 스트라이커인 '존경하고 사랑하는' 마누라님들께 어시스트를 날려주는 역할을 그때 그때하면 된다.

일본의 정치가 '오자와'의 아내, 예순 일곱의 '가즈꼬' 여사가 주간 문춘에 실은 '오자와 이치로 아내로부터의 이혼장'을 본 적이 있는가. '8년 전 남편으로부터 과거에 사귀던 여자와의 사이에 자식이 있다는 것을 통보받고 한때 자살을 생각할 정도로 충격을 받았다. 남편은 사과조차 하지 않았지만 언젠가는 큰일을 할 것으로 보고 이혼하지 않고 참았다. 그런데 남편은 3·11 대지진과 후쿠시마 원전 폭발 사고가 나자 방사능이 무서워서 선거구인 이와테를 방문하기는커녕 도쿄를 떠나려 했다. 나의 만류로 도쿄를 떠나지는 않았지만 남편은 집 밖에 외출도 하지 않은 것은 물론 오염을 우려해 생선과 야채를 버리도록 했다. 수돗물의 오염을 겁내 생수로 빨래를 하라고 말하기까지 했다. 이런 모습을 보면서 남편이 국민에게 도움이 되는지 피해가 되는지 확실하게 알게 되었다. 자기만 생각하는 이기주의자의 정치 활동을 도왔다는 것에 대해 정말 부끄럽게 생각해 이혼을 결심했다.'

일본의 대형 건설회사 사장의 딸로서, 우리들의 전업주부 아내들처럼 그림자 같은 내조로 평생을 남편만을 위해 살던 가즈코 여사가 대의를 위해서는 어렵지만 남편과 이혼하겠다는 선언이다. 이 편지를 읽고 가슴이 덜컹하지 않는 대한 남편 있으면 나와 보라. 그 뻔뻔한 얼굴 한번 보자. 나는 요즘 아내가 '그래, 나도 이제 혼자서 먹고 살 수 있다. 헤어지고 싶으면 너 좋을 대로 해! 평생소원이라는 여우같은 년 만나서 한번 잘 살아봐라'라고 말할까 봐 두렵다. 돈 벌어다 주는데 여우면 어떻고 곰이면 어떤가. 어떻게든 딱 붙어 떨어지지 말아야지.

3장

이제,
진짜 하고 싶은 일을 하자

평균수명 100세,
각자의 인생 시계를 보라

해마다 통계청에서 우리 나라 사람들의 연령별 기대여명표를 발표한다. 이 기대여명표는 쉽게 말해 현재의 나이를 기준으로 앞으로 살날이 얼마나 남았는지를 나타내는 표다. 이 기대여명표를 보면 여러 가지 재미있는 사실들을 발견할 수 있다. 우선 최근 들어 남녀 모두 기대여명이 빠르게 증가하고 있다는 것을 알 수 있다.

1970년부터 1980년까지 55세 남자의 기대여명은 16년으로 10년 동안 전혀 늘지 않았다. 이 말은 70년에 55세였던 사람이나 80년에 55세였던 사람이나 모두 남은 기대여명이 16년, 즉 71세까지 살 수 있을 것으로 기대되었다는 말이다.

1980년부터 1990년 10년 동안은 기대여명이 3년 늘었다.

1990년부터 2000년 사이에도 역시 3년이 늘었다. 1990년에 55세였던 사람은 1980년에 55세였던 사람보다 3년을 더 살고 2000년에 55세였던 사람보다는 3년을 덜 살 것으로 기대되었다.

2000년부터 2010년까지 10년 동안에는 기대여명이 4년이나 증가했다. 2010년에 55세가 된 남자는 기대여명이 26년으로 81세까지 살 것으로 기대된다. 이렇게 기대여명이 10년마다 0, 3, 3, 4식으로 점점 더 빠르게 증가하고 있다. 80년대만 해도 친구 부모님이 일흔 몇에 돌아가셨다면 상가(喪家)에 가서 '서운한데요.' 하고, 여든에 돌아가셨다면 '호상이군요.' 했다. 그런데 90년대에 들어서자 갑자기 여든 몇에 돌아가시는 분들이 많아져서 70대에 돌아가셨다면 무슨 병을 앓으셨던 게 아닌가 생각하게 되었다. 80세가 넘어 돌아가셔도 서운한 마음이 들게 된 것이다. 다음 그래프는 1970년부터 현재까지의 기대여명 추세를 바탕으로 2030년까지의 기대여명을 구성해본 것이다. 56세까지 직장에 다니면 졸지에 도둑으로 취급받는 오륙도 만 55세 남자와 45세면 정년이라는 사오정 남자를 대상으로 했다.

오른쪽으로 굽어 올라가는 그래프에서 55세와 45세 남자의 기대여명이 모두 빠르게 증가해왔고 이 추세라면 앞으로도 그럴 것이라는 사실을 볼 수 있다.

놀라운 사실도 있다. 지금부터 약 10년 후인 2020년에 55세

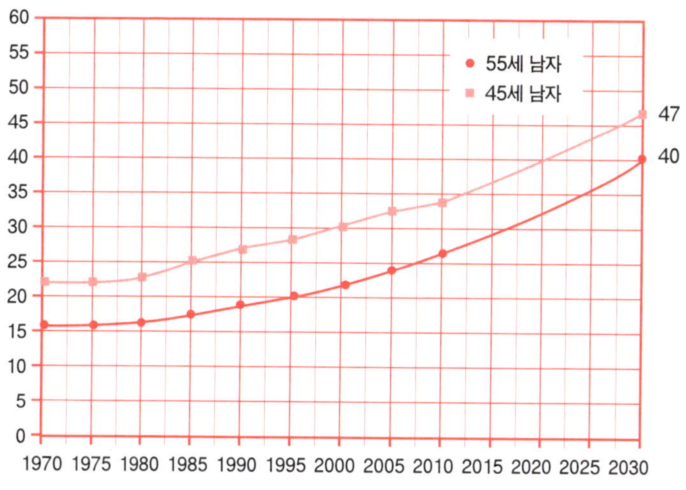

55세 남자와 45세 남자의 기대여명 변화(2010년 기준)

가 되는 지금 45세 남자의 기대여명을 표에서 보면 32년이다. 그러니까 2010년에 만 45세인 사람이 2020년, 55세까지 살아남는다면 55세 남자의 기대여명 그래프에서 2020년부터 32년 더 살아 87세까지 산다는 말이다. 같은 방법으로 지금부터 약 20년 후 2030년에 55세가 되는 지금 35세인 우리나라 남자는 그때의 기대여명이 40년이므로 어림잡아 95세까지 산다는 말이 된다. 진실로 평균수명 100세 시대가 머지않았다. 100세라니! 우리가 어릴 적에 '할머니 백 살까지 살어잉.' 하던 그 100세다. 우리 사회가 '부귀장수' 중 부귀는 이루지 못했을지 몰라도 장수만은 거의 이룬 것 같다. 정말이지 인류 역사상 최초의 장수 기회다. 그러나 진정 기쁘기만 한 일인가?

나이가 만 55세가 된 '오륙도' 남자와 45세가 된 '사오정' 남자의 일생을 그래프로 그려보자. 학교를 졸업하고 군대를 다녀와서 어림잡아 스물일곱이나 스물여덟에 직장에 들어가 일을 시작하는 것은 '오륙도'나 '사오정'이나 큰 차이가 없다. '오륙도'가 27세에 취직하여 28년을 일하다가 만 55세경에 퇴직한다면 퇴직 후 81세까지 26년의 삶이 남는다. 인생의 시계로 보면 점심 먹고 오후 1시 정도다. 지금까지 오전 한나절 28년을 일한 우리 앞에는 26년이라는 오후 한 나절이 또 남아있다는 말이다. 만약 5~60년대 초 우리나라 사람의 평균수명 52세에서 오늘날 오륙도의 퇴직 후 남은 26년을 빼보면 26이라는 숫자가 나온다. 우리가 태어난 5~60년대로 치면 회사에서 쫓겨 나오는 우리는 이제 겨우 스물여섯 청춘이란 말이다. 내 말이 아니다. 우리나라 최고의 통계청 통계가 말해주고 있지 않은가. 반세기를 넘게 살았는데도 이제 26세라니……. 그런데 직장에서는 이미 잘렸거나 조만간 잘릴 예정이라면 이것은 무엇을 뜻하는가? 오륙도가 회사를 나와 '이제 좀 쉬지 뭐'라고 생각하는 것은 대학 졸업하고 갓 군대에서 나온 청년이 '남은 평생을 일하지 않고 유유자적 신문, 텔레비전, 여행, 등산, 골프나 즐기며 살겠다'고 선언하는 것과 다름이 없다는 말이다.

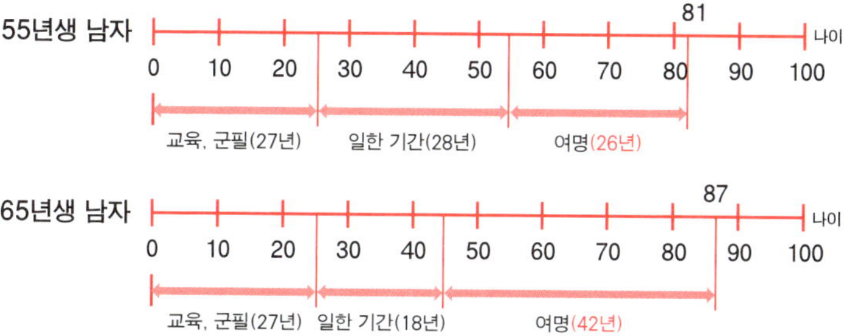

사오정 남자는 지금까지 18년을 일했다. 그림을 보면 이 아우님들이 87세까지 살 것으로 예상되므로 지금까지 일한 기간의 두 배보다 많은 42년의 시간이 남아 있다. 인생 시계로 따지면 오전 10시쯤이랄까? 만약 '사오정'이 강제로든, 희망으로든 퇴직하고 '그동안 벌어놓은 돈을 쓰며 독서하며 인생 수양도 하며 그냥 쉬겠다'고 생각한다고 치자. 역시 5~60년대의 평균수명 52세에서 이 사오정에게 남은 기대여명 42년을 빼보면 10세다. 그러니까 초등학교 3학년짜리의 평생 백수선언인 셈이다. 실은 지금 축 늘어진 우리들의 모습이 평생 백수를 선언하는 청년에 다름 아니고 무엇인가. 조기 명퇴한 아우님들의 모습이 아무런 생각도 없이 그냥 평생을 놀며 지내겠다는 초등학생의 모습이 아니고 무엇인가.

청춘! 듣기만 해도 가슴이 설렌다. 1년 만에 키가 20센티미터나 훌쩍 자라 버스 천정에 손이 닿을 때 느꼈던 어른의 느낌, 무엇이든 상대해줄 수 있다는 자신만만한 기분이 생각난다. 마음이 울적하거나 정신이 산만할 때마다 읽다보니 서른다섯 우보 민태원의 수필집 『청춘예찬』의 한 구절을 외워버렸다.

'청춘! 이는 듣기만 하여도 가슴이 설레는 말이다. 청춘! 너의 두 손을 가슴에 대고 물방아 같은 심장의 고동을 들어보라. 청춘의 피는 끓는다. … 청춘의 끓는 피가 아니더면 인간이 얼마나 쓸쓸하랴? … 인생에 따뜻한 봄바람을 불어 보내는 것은 청춘의 끓는 피다. 청춘의 피가 뜨거운지라, 인간의 동산에는 사랑의 풀이 돋고, 이상의 꽃이 피고, 희망의 놀이 뜨고, 열락의 새가 운다. 사랑의 풀이 없으면 인간은 사막이다. 오아시스도 없는 사막이다. 이상의 꽃이 없으면 쓸쓸한 인간에 남는 것은 영락과 부패뿐이다.'

그렇다. 우리는 다시 스물예닐곱의 피가 뜨거운 청춘이다. 우리 다시 인생에 사랑의 풀이 돋게 하고, 이상의 꽃을 피우고, 희망의 놀이 뜨게 하고, 열락의 새가 울게 하자. 떨치고 나서자.

이제야말로 정말
내 일을 할 때다

나는 젊은 직장 후배들을 만날 때마다 "내 일을 해야 한다. 퇴직할 때 봐라. 30년 일하고 남는 것이라고는 그동안 먹고 산 것뿐이다. 한 10년 회사 다녔으면 경험은 그것으로 충분하다. 내가 당신이라면 나는 당장 사표내고 내 일 시작한다. 그러지 못해서 초로의 나이에 내 모양이 이 꼴이다. 그러니 한시라도 빨리 자기 것을 해라. 야채가게, 구멍가게가 우습게 보여도 아무나 하는 게 아니다. 돈도 있어야 하고 용기도 있어야 한다. 정년 없는 자기 일을 지금 시작하라"라고 말한다.

학생들에게도, 내 아들놈들한테도 "회사에 들어가서 그래도 나 회사 다녔소 하려면 적어도 웬만한 대기업의 임원 정도는 해야 한다. 나 공무원 했소 하려면 최소 중앙부처 과장 정도는 해야 한다. 그래야 제 뜻도 펼 수 있고 하다못해 자기 돈 내고 골프라도 칠 수 있다"라고 솔직하게 말한다. 또 이렇게 덧붙인다.

"생각해봐라. 세금 받아 봉급 주는 정부가 공무원 처우를 개선해봐야 얼마나 하겠냐. 또 회사는 하루하루를 세상의 모든 회사와 치열한 경쟁을 해야 한다. 아무도 흉내 낼 수 없는 무슨 특별한 기술이라도 가지지 않은 이상 언제나 빠듯할 수밖에 없다. 회사 주인이 마음이 나빠서가 아니라 세상의 구조가 그렇게 되어 있다. 그렇지 않으면 회사 자체가 망한다. 그러니 너의 일을 지금 시작해라."

고위 법관이나 검사, 정부의 경제부처 장차관 등 오래오래 전관예우 받을 수 있는 특별한 경우나 굴지의 대기업 사장을 한 10년 정도 하지 않는 이상 회사원이건 공무원이건 높건 낮건 누구건 조직생활의 최후는 결국 빈털터리로 잘리는 것이다. 그러므로 99퍼센트라면 잘릴 염려 없는 내 일을 해야 한다.

물론 사업에는 위험이 따른다. 2010년 국세청 통계에 따르면 창업 후 3년 이내에 사업을 접는 비율이 61.12퍼센트란다. 손해를 감수하며 사업을 계속하고 있거나 이익을 못 내고 가게 문만 열어놓고 있는 경우까지 합하면 실질적으로 열에 아홉은 3년 내에 망하고 있다고 보면 된다. 생각해보라. 가령 3억을 투자해서 창업했다가 3년 만에 폐업했다면 죽어라 일하고 한 달에 800만 원씩 날린 셈이다. 두 번 실패할 확률은 0.9×0.9=0.81로 81퍼센트다. 열에 여덟은 6년 동안 고생만 하다가 6억을 날리고 망한다는 말이다. 이렇게 많은 사람들이 집도 절도 없는 바닥으로 추락한다. 위험하기만 한가. 일주일 내내, 심지어는 주말까지 14시간을 넘게 일해야 한다. 4대 보험도, 휴가 따위도 없다. 모든 것이 자기 책임이다. 하지만 자기 사업이다. 잘하면 봉급쟁이와는 비교할 수 없는 큰돈을 벌 수도 있다. 또 사업을 키워 자식에게 유산으로 물려줄 수도 있다. 다른 사람은 다 놀고 있는 늦은 나이까지 경영하다가 아이들에게 물려준다면 그동안의 피나는 고생이 보상되고도 남을 것이다. 이것이 다시 청춘을 맞은 우리가 남의 일이 아니라 자기 일을 시작하되 망하지 않는 일을 해야 하는 충분한 이유다.

농반진반으로 하는 말이 있지 않은가. 인생에서 몹쓸 것 세 가지가 초년급제, 중년상처, 말년빈곤이라고. 초년 급제야 할 수만 있다면 해봐야지 무슨 소리냐고 할 사람도 있을 것이고, 중년상처도 진짜 몹쓸 일인지 잘은 모르겠다. 그러나 말년에 가난하다면 그것이 바로 지옥이다. 지옥이 따로 있는 것이 아니다. 세상 어느 곳도 돈 없는 늙은이를 반기지 않는다. 시주 안하는 보살님 반겨주는 스님 없고 헌금 빼먹는 형제자매 사랑해주시는 목사님 없다. 자식들도 마찬가지다. 우리 부모 세대만 해도 마음속으로나마 부모 봉양을 고민하는 우리 같은 자식들이라도 있다지만 돈 없는 우리들을 우리의 아들딸 세대가 과연 돌보려고 할까? 동서고금이 마찬가지다. 힘도, 미모도, 세월이 가져다주는 가능성도 없는 노인들의 힘은 오로지 돈에서만 나온다. 세상인심이야 그런 거라 치고 외면할 수 있다. 하지만 무슨 돈으로 쌀을 사고, 병원 가고, 한의원 가서 침을 맞겠는가. 춥고 배고프고 외롭지 않으려면, 그래서 죽지 못해 살지 않으려면 목숨이 붙어 있는 한 일을 해야 한다는 각오로 세상사에 대처해야 한다.

지금까지야 우선 먹고 살기 위해 닥치는 대로 일해왔다지만 얼마 남지 않은 우리 인생, 두 번째 맞이한 새로운 청춘은 자신이 좋아하는 일을 하는 것이 맞다. 갈비가 맛있다고 해서 매번 똑같은 갈비만, 생선회만, 아니 김치만 먹고 살 수는 없는 일이다. 마찬가지로 인생 후반전에서조차 전반전 30년의 밥벌이를 그대로 계속한다면 결국 인생을 맛나게 살고 있다고 하기는 어려울 것이다. 익숙한 한 우물을 파는 것이 안락하기야 할 것이다. 하지만 우리 앞에는 30년이라는 새로운 세월이 있다. 30년 동안 한 우물물을 먹었다면 새로운 샘을 파서 새 우물물을 즐겨보자. 물도 고이기 전에 여기저기에 샘만 파라는 소리는 아니다. 일단 파기 시작해서 충분한 물이 나와 달디 단 지하수를 즐길 수 있을 때 개척자의 용기로 또 다른 샘을 파자. 그것이 나에게 주어진, 하나뿐인 내 인생을 제대로 만끽하는 길이다. 지금이야말로 정말 자신이 하고 싶은 내 일을 할 기회다.

아침마다 마음을 명경처럼 닦고

새벽 4시에 일어나는 것은 내 평생의 습관이다. 4시에 눈을 뜨면 30분 정도 이런 저런 생각을 하다가 침대에서 일어나 거실 텔레비전을 튼다. 음량을 낮춰놓고 집안 청소를 시작한다. 걸레를 잘 빨아 마룻바닥이 벗겨질 듯이 박박 닦다보면 땀이 비 오듯 한다. 불과 반시간 전까지 번뇌에 가득 찼던 마음이 바람 잔 날의 호수처럼 평온해진다. 번쩍번쩍 윤이 나는 마룻바닥과 가지런히 정리된 책장을 보고 있으면 뿌듯한 기쁨을 얻을 수 있다. 마음의 평화가 온다. 매일 새벽의 집안 청소는 나의 일성(一省)이다.

청소를 마치면 집사람과 함께 바로 집을 나선다. 탄천길을 따라 30분 정도 빨리 걷기를 한다. 경보 선수의 자세로 최대한 빨리 3

킬로미터 정도를 걸은 후 김밥 한 줄을 먹고 집에 들어온다. 아침 6
시 정도가 된다. 욕실에 들어가 찬물 샤워로 땀과 함께 번잡한 생각
까지 모두 날려버린다. 깨끗한 옷으로 갈아입는다. 여기까지가 나의
이성(二省)이다.

그리고 삼성(三省)을 시작한다. 이 '삼성'은 반드시 '일성'과 '이
성'을 한 다음에야 효과가 있다. 청소와 경보, 그리고 냉수 샤워를
하고 나면 이미 세상의 모든 것에서 초월한 신선이 되어 있다. 하루
중 가장 신성하고 마음이 정갈한 순간이다. 무엇을 하기에도 가장
좋은 시간이다. 이때 거실 한복판이나 부엌 구석, 혹은 빈방 아무 곳
이나 그날 마음이 내키는 조용한 곳에 앉아 눈을 감고 지구를 떠나
는 상상을 한다. 제일 먼저 나 자신의 장례식을 떠올린다. 문상을 자
주 가서 낯이 익은 삼성, 아산, 성모, 서울대 병원 중 한 곳을 고른다.
흑백 사진 속에 나는 웃고 있는 얼굴이다. 아이들은 검은 상복에 검
은 타이를 매고 조문객을 맞이하고 있다. 집사람은 죄인이나 된 것
처럼 손님을 맞이하는 것조차 나서기를 꺼린다. 사람들은 내 사진을
향해 두 번 절을 하고 교회 다니는 사람들은 꽃 한 송이를 앞에 둔
다. 정승집 개 이야기가 남의 일만은 아닌 듯하다. 쓸개까지 빼줄 듯
교언영색(巧言令色)하던 인간들이 막상 내가 죽으니 무슨 일이 그리
도 바쁜지 나타나지도 않는다. 나에게 돈을 빌려준 친구는 얼굴이
죽을 상이고 돈을 빌려간 친구는 가볍게 콧노래를 부른다.

자정쯤이 되자 조문객도 다 돌아가고 고스톱에 빠진 몇 친구들만 화투짝을 노려보고 있다. 식구들도 너른 손님맞이 방 한쪽 귀퉁이에서 졸기 시작한다. 변한 것은 아무것도 없다. 내가 이승에서 저승으로 왔다는 것 빼고는 세상은 아무 일 없었다는 듯 그대로다.

바로 이 때다. 지구를 떠날 찬스다. 대기권을 벗어나는 로켓의 속도로 지구를 빠져나간다. 50년 넘게 살아온 나의 터전들을 힐끗 쳐다본다. 내 마누라, 나의 존재의 이유였던 내 새끼들, 친구, 친척으로부터 점점 멀어진다. 장례식장, 우리 집, 63빌딩, 강변도로, 한강, 북한산, 산맥, 그냥 녹색, 육지, 바다까지 순차적으로 멀어진다. 속도를 최대한으로 높인다. 빛의 속도다. 달처럼 작아진 지구가 보인다. 지구는 점점 사과, 콩, 좁쌀, 먼지처럼 작아지고 드디어 아무 것도 없어진다. 없을 무(無)다. 빌 공(空)이다. 이때 한 점으로 변한 푸른 지구 쪽을 바라보며 칼 세이건의 『창백한 푸른 점』을 읊조려보는 것도 좋다.

'저기 있다. 저것이 우리의 고향이다. 저것이 우리다. 우리가 사랑하는 모든 이들, 우리가 알고 있는 모든 사람들, 당신이 들어봤을 모든 사람들, 존재했던 모든 것들이 저곳에서 삶을 영위했다. 우리의 기쁨과 고통의 총합, 확신에 찬 수많은 종교, 이데올로기들, 경제적 독트린들, 모든 사냥꾼과 약탈자들, 모든 영웅과 비겁자, 문명의 창조자와 파괴자, 왕과 농부, 사랑에 빠진 젊은 여인들. 모든 아버지와 어머니, 희망에 찬 아이들, 발명가와 탐험가. 모든 도덕의 교사들, 모든 타락한 정치인들, 모든 슈퍼스타, 모든 최고의 지도자들, 인간 역사 속의 모든 성인과 죄인들이 저기 태양 빛 속에 부유하는 먼지의 티끌 위에서 살았던 것이다.'

조금 전까지 선명했던 모든 기억이 지워지면서 마음 속 깊숙한 곳에 자리하고 있던 편견과 미움, 시샘 그리고 두려움과 불안……그 모든 마음의 굴레가 사라진다. 슬픔도 남지 않는다. 마음이 명경처럼 깨끗해진다.

여기까지가 끝이다. 여기서 눈을 뜬다. 눈을 감기 전과 다르게 새로운 주변이 눈앞에 펼쳐진다. 주위 사람 모두가, 풀 한 포기, 꽃 한 송이, 모래 한 톨까지도 귀하고, 새롭고, 사랑스럽다. 내 침대, 내 베개, 내 이불, 내 마누라, 내 새끼, 내 친구, 내 친척들이 마치 난생 처음 보는 듯 반갑고 고맙다. 성공과 실패와 부귀와 비천이 한 가닥의 바람처럼 가볍게 느껴진다. 마음의 평온이 찾아온다. 이 모든 일이 단 30초 만에 일어난다.

아흔 살 노 교수의 '배우니까 청춘이다'

신문을 보고 있는데 낯익은 어르신 얼굴이 눈에 들어왔다. '아니, 태권이 아버님 아니야?' 헤드라인에는 '아흔 살 전 서울대 교수가 새내기 방송대 학생으로, 배우니까 청춘이다. 정한택 전 서울대 심리학과 교수'라고 쓰여 있었다. 얼른 친구한테 전화를 했다.

"아버님 신문에 나온 거 알아?"

"그래, 그저께 취재한다고 왔던데."

"야, 대단하신데."

"우리 아버진 그게 일인데 뭘."

집사람하고 저녁이나 먹어볼까 하고 동네를 어슬렁거리다 마주치면

환하게 웃으며 두손을 맞잡아주시는 친구 아버님은 우리 고등학교 담임 선생님의 은사이시다. 그러니까 우리한테는 선생님의 선생님인 이 어른이 방송대 40년 역사 240만 동문 중 최고령 입학생이 된 것이다. '영어 원서를 자유롭게 읽으며 공부에 빠져보겠다'는 인터뷰 기사가 실렸다. 그러니까 서울대 교수 출신이 일단 영어를 더 공부해서 영어 원서를 자유롭게 볼 수 있는 실력을 갖춘 다음 60년 동안 빠져 있었던 공부에 다시 빠지겠다는 말씀이다.

내 친구 태권이가 막걸리 값을 잘 내는 이유를 알았다. 아흔 나이에 '아이 캔 두잇(I can do it)'을 여전히 외치는 아버지를 두었는데 친구들하고 술 먹고 나서 텅 빈 지갑이나 흔들어 보이는 '빈 지갑 작전'을 펼칠 수가 있겠는가.

정신이 번쩍 났다. 나도 이 어른처럼 평생을 배우는 데 목마른 삶을 살아야지. 논어 첫 페이지 첫 줄에 있는 '학이시습지 불역열호(學易時習之 不亦說乎)아!'가 생각났다. 배우고 때때로 익히면 즐겁지 아니한가. 이미 3세에 아버지를 여의고 남의 창고지기, 목장지기로 일하다가 어른이 되어서는 제자들과 함께 여러 지역의 실권자들에게 유세하며 주유천하 한 사람이 바로 공자다. 이런 공자가 겨우 '공부 열심히 하고 책 많이 읽으면 기뻐진다'는 누구나 했을 법한 말이나 했을 리가 없지 않은가. 나는 사무실 책상 위에, 그리고 집 거실 텔레비전 밑에 논어 한 권씩을 꼭 비치해놓고 때때로 읽는다. 20

년을 논어를 읽으니 '學易時習之'는 '세상사 온갖 일을 경험하라, 그리고 경험에서 배워라.' '不亦說乎'는 '그러면 세상에 대한 무지에서 오는 불안과 두려움에서 자유로워져서 기쁨이 온다.' 정도로 해석하게 되었다. 그 뒤 문장을 보면 내 해석에 이해가 갈 것이다. 유붕 자원방래 불역락호, 인부지 이불온 불역군자호(有朋 自遠方來 不亦樂乎, 人不知 而不慍 不亦君子乎)라고 하고 있지 않은가. 공자가 중요하게 생각한 것은 기쁨과 거기에서 오는 즐거움, 그리고 진정한 군자의 자유로움이었다는 말이다.

그렇다. 배워야 기쁘고, 기쁘면 즐겁고, 즐거우면 자유로운 군자가 된다. 자연의 이치를 몰랐을 때는 천둥 번개가 내리치고 태풍이 심하게 불면 저 구름 뒤 어딘가에 숨어 계신 신이 노하셔서 우리에게 벌을 내리는 것이라 생각했을 것이다. 어젯밤 남의 짝을 범한 사람은 바위굴 속으로 숨어들어 하느님이 주실 벌을 기다리며 두려움에 떨었을 것이다. 그러다 점차 자연과 세상의 이치를 알고 나니 무지에서 해방되어 기쁘고 즐겁고 자유로워진 것이다. 자연이건 인간이건 세상사라면 배움에 가릴 것은 없다. 무엇이든 배움과 깨달음의 대상이다. 공자님 말씀이 바로 그 말씀이다.

우리 집에서 아버지 독재는 절대적이었다. 중학생 누나가 외출할 때는 반드시 초등학생인 내가 진돗개를 데리고 누나를 에스코트해야 했고 할머니가 장에 갔다 올 때도 멀리 '모개나무 거리'까지 마중을 나가야 했다. 우리 누나는 당시 면에서 유일하게 안경을 썼다는 이유로 천사처럼 얼굴이 예쁜 오순이 누나가 대표를 맡고 있는 중학생 사교클럽의 주 멤버였다. 한번은 먼 동네의 중학생 형이 우리 누나 얼굴을 보려고 우리 골목에 들어온 모양이었다. 우리 집은 우리 면에서도 가장 깊은 골목 안에 있었다. 아마 우리나라에서도 첫 번째 아니면 두 번째로 깊이 들어가 있을 빨치산도 맨 마지막에 들어왔다는 곳이었다. 아버지가 "어떤 놈이 왔다 갔다 하냐?" 하기에 내가 우리 집 셰퍼드를 풀어 "물어라, 쉭!" 하고 외치니 송아지만 한 개가 이 형을 냅다 쫓아가 옆집의 볏짚 무더기 속으로 처박아버렸다. 철없는 나도 그렇지만 독일산 순종 셰퍼드도 중학생의 목숨을 건 사랑은 이해하지 못했던 모양이다. 후에 큰 회사의 오너가 된 이 형이 그때의 긴박했던 순간을 나한테 이야기하며 "느그 아부지 참말로 무서웠어야잉." 했다. 하여튼 멀리 광주나 서울에서 친척 누구라도 온다면 넓은 마당 풀 뽑고 빗자루로 쓸고 또 차부까지 나가서 모셔오는 일은 당연히 우리 차지였다. 정작 아버지 당신은 입으로 지시만 하면서 시원한 사랑채 누마루에 앉아 황소가 그려진 박정희의 '공화당보'만 읽었다. 아버지가 낮잠 주무실 때 마당에서 숨바꼭질이라도 할라치면 엄마가 "조용히 해라, 아부지 주무신다." 하고 숨을 죽여 소리쳤다. 즉시 숨바꼭질을 멈추어야 했음은 물론이다.

장날이면 장에 가서 막걸리 한잔 걸친 동네 아재들이 지게 작대기에 갈치 토막 걸고 돌아와 다짜고짜 아짐들을 때리고 욕하고 소리를 지르는 일도 심심치 않게 있었다. 골목이 시끄러우면 엄마가 "당신이 좀 나가 보씨요." 했다. 아버지가 그 집 대문에서 "오야, 자네 뭔 짓인가?" 하면 그 즉시 골목이 조용해졌다.

서른 명도 넘는 초등학교 선생님들을 모두 초대해서 닭 잡고 사과 깎아 커피와 함께 대접하기도 했다. 그 시절 커피를 마시는 집은 우리 집뿐이었다. 그렇게 모인 선생님들은 내 볼을 쓰다듬어주었다. 우리 바깥 사랑채를 관사로 쓰고 있던 중고등학교 교장 선생님은 우리와 같은 광산 김가여서 아버지와 막역했다. 면장은 아버지를 형님으로 모셨고, 1년 내내 밀주를 담가 샘 옆 '노깡'에 '히야시' 해놓고 들며나며 아무나 마셔도 우리 앞집까지 와서 부엌의 솔잎 나뭇단을 뒤집고 두엄을 쑤셔대던 밀주 단속원은 어찌된 일인지 우리 집에는 들어오지도 않았다.

위대한 아버지였다. 중학교에 들어가기 전에는 아버지에게 따로 수학을 배웠다. 아버지가 가져온 중학교 1학년 수학책이 너무 쉬워서 아침부터 저녁까지 하루 만에 다 끝내버렸다. 수에도 음양이 있구나. 인수분해도 머리에 쏙쏙 들어왔다. 아버지와의 수학 공부는 어린 내가 '학이시습지 불역열호'를 느끼기에 충분했다. 배우고 익히니 기뻤다. 세상이 환해지는 것 같았다. 중학교도 들어가기 전에 나는 공자님 말씀의 깊은 뜻을 알아버린 것인가. 아버지는 모르는 것이 없구나. 까짓것 영어까지 정복하자고 마음먹었다. 모르는 것이 없는 아버지와 함께라면 두려울 일이 없었다. 그런데 처음부터 조금 이상한 일이 벌어졌다. 분명히 '굿 모닝은 아침 인사다잉.' 했던 아버지가 자꾸만 '굿 모닝'은 저녁 인사고 '굿 이브닝'이 아침 인사라고 하지 않는가. 몇 번이고 그랬다.

내가 '굿 모닝'이 아침 인사 아닌가 하고 고개를 갸우뚱하니 아버지도 좀 이상했던지 잠시 할머니 방으로 사라졌다. 의기양양 다시 돌아온 우리 아버지 왈 "이 노무 자식이 아부지 말을! 굿 이브닝이 아침 인사가 맞단 말다." 하면서 막 야단을 쳤다. 감히 아버지 말을 안 믿는다는 것이었다. 나에게는 '굿 모닝'이 아침 인사라는 확신이 있었지만 더 이상의 '의문'이 큰 화를 부를까 봐 입을 다물었다.

의문은 나 스스로 풀었다. 할머니 방의 장롱 이불 밑에서 아버지가 나 몰래 혼자서 본 듯한 '탐 앤 쥬디' 중학교 1학년 영어 자습서를 발견한 것이다. 아버지의 비리를 훔쳐보는 불경을 혹시 들키지나 않을까 불안한 마음으로 얼른 자습서를 폈다. 아! 짧은 탄식이 저절로 나왔다. 깨달음의 순간이었다. 거기에는 '굿 모닝: 저녁 인사, 굿 아프타 눈: 오후 인사, 굿 이브닝: 아침 인사'라고 쓰여 있었다. 아하! 우리 아버지도 모르는 것이 있구나. '별것'도 아니구나. 10초 전의 아버지가 아니었다. 10초 전의 세상이 아니었다. 무작정 아버지를 경외하던 나의 마음이 편해졌다. 슬프고도 기뻤다. 아버지에 대한 마음의 자유를 찾았다. '학이시습지 불역열호'였다.

공자는 역시 공자였다. 경험을 통해서만 알 수 있었다. 나는 내가 마흔아홉에 공무원직을 잘리는 경험을 했을 때 진짜 인생을 '배웠다.' 잘리고 나서야 비로소 철이 들었다. 그리고 이후에도 여러 번을 회사에서 잘리고 재기를 꿈꾸고 실패하고 조그만 성공도 거두며 '때때로 익혔다.'

이제 세상에 대한 두려움은 없다. 인간을, 인생을, 돈을, 세상을 배우고 나니 어릴 때부터의 염세도, 무지에서 오는 불안도 나를 떠났다. 공자의 제자들이, 그리고 제자의 제자들이 '학이시습지 불역열호'를 왜 논어의 첫 페이지 첫째 줄에 내놓았는지 그 이유를 알게 되었다.

나를 돌아보는 시간, 내 일 찾기 프로젝트

어느 날 아내가 말했다. "남 걱정도 좋지만 당신도 점점 나이 들어가는데 무슨 대책을 세워야지요, 또 잘리기 전에." 어쭈, 자기 혼자 사장 된 줄 알고 이제는 훈계까지 한다. "그래, 알았어. 내가 누구야. 그 정도 요량 없이 당신 기둥서방 노릇이나 하면서 별 돈도 안 되는 직장에 가방 들고 왔다 갔다 하겠어?" 일단 큰소리를 쳐 놓았다.

이제 내 인생에 남은 마지막 시간이니 내가 하고 싶은 일을 하고 싶다. 물론 어느 정도 수입도 올려야 할 것이다. 그리고 잘릴 일 없는 내 일을 하고 싶다. 그래서 '내 일 인가?' '돈이 되는가?' '내가 하고 싶은가?' 이 세 가지를 내 일 찾기의 판단 기준으로 삼았다.

'내가 하고 싶은가?'부터 우선 생각해보았다. 아무리 돈이 많이 벌리고 잘리지 않고 오래 할 수 있는 내 일이라고 할지라도 하기 싫은 일을 억지로 하는 것은 내 남은 인생에 예의가 아니지 않은가. 나는 먼저 내가 하고 싶은 일들을 찾고, 그 중에서 앞의 나머지 두 가지 판단 기준을 고려하기로 했다.

그런데 처음부터 문제가 생겼다. 당연한 듯싶었는데 내일 모래 예순인 지금도 내가 정말로 좋아하는 일이 무엇인지 알 수 없었다. 가만히 생각해보니 남이 하니까 좋아 보여서, 또는 그저 평소 해보지 못했기 때문에 동경했던 것을 내가 하고 싶은 일로 착각하고 있었다. 이것은 정말로 큰일 아닌가. 단순한 동호회 활동이라면 몰라도 내 인생 전체를 바칠 마지막 기회이니 진정으로 내가 하고 싶은 일을 찾아야만 했다. 전쟁 영화에서 작전회의를 할 때처럼 나는 우선 커다란 전지 한 장을 거실 소파 뒤 벽에 붙여놓고 가로로 큰 줄을 그어 10세부터 80세까지 나이를 표시했다. 그리고 나이에 맞춰 그은 세로줄에는 당시에 제일 하고 싶었던 일을 적었다. 앞으로 제일 하고 싶을 것 같은 일일수록 위쪽에, 그보다는 덜한 일일수록 아래쪽에 적어나갔다. 이런 방법으로 과거에 내가 하고 싶었던 일, 현재 내가 하고 싶은 일, 그리고 미래에 내가 하고 싶을 일을 나열했다.

애들과 아내는 "벽 지저분하게 그게 무슨 짓이냐"고 짜증이었지만 나는 아랑곳하지 않았다. 오직 "이것이야말로 내 인생에 있어 제일 중요한 일이다"라고 생각하며 최대한 몰입했다. 하루 중 어느 때나 생각이 날 때마다 하고 싶은 일을 적었다가 다시 생각하고 지우기를 반복했다.

가슴 속 깊은 곳까지 다 뒤졌다. 과거에도 하고 싶었으며, 지금도 진정 하고 싶은 일이고, 10년 후에도 이 일에 감동할 수 있는지를 내게 물었다. 이 과정을 계속해서 반복하다보니 과거, 현재, 미래까지를 아우르는 진정으로 하고 싶었고, 하고 싶은, 그리고 하고 싶을 일들이 어느 정도 정리가 되었다.

누구나 한 번은 꿈꾸는, 그래서 조금은 진부한 여행가나 펜션지기, 그리고 '다 버리고 글이나 써?' 하는 작가가 각각 1, 2, 3위로 떠올랐다. 세상이 꼴 보기 싫을 때마다 꿈꾸었던 입산수도와 예수님을 따르는 일도 여전히 하고 싶었다. 승마용 말을 사육해서 직접 타보기도 하고, 길러서 수입도 낼 요량으로 생각했던 말사육사도 하고

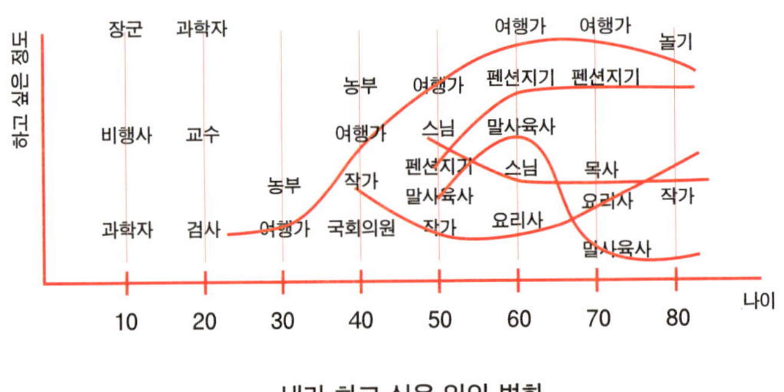

내가 하고 싶은 일의 변화

싶은 일로 내 마음 한구석에 아직 꿈틀거리고 있었다.

정리가 된 상태에서 다시 한번 보완을 시도했다. 여행가, 펜션지기, 종교인, 작가, 그리고 말사육사를 사진 여행가와 고향 한옥 펜션지기, 저술자, 스님 그리고 승마용 말 사육사로 바꿨다.

고등학교 때부터 아버지 사진기를 가지고 제법 폼을 잡았더랬다. 그때부터 카메라가 손에 익었다. 30대 중반, 한참 허파에 바람 들었을 때부터 캐논이 좋으니 니콘이 좋으니 하며 영도다리, 부산대교부터 진도대교까지 남서해안의 다리란 다리를 모두 찾아다니며 사진을 찍었다. 그래서 여행가 앞에 사진이라는 단어를 붙였다. 여행하면서 사진도 찍고 그럴듯했다.

펜션지기는 고향집이 생각나서다. 아버지는 내가 고향집에 가 대청마루에서 할머니에게 큰 절을 올리고 나면 "그 놈의 사무관인가 뭔가를 10년 넘게 하는 직장이 어디 있냐? 하다가 나이 좀 들면 집에 와서 깨끗이 지내는 것도 괜찮다"고 말하곤 했다. 사실 아버지의 그 말은 '칼로 흥한 자 칼로 망하듯' 뜻있는 자라면 어차피 한 번은 망하게 되어 있는 것이 사람 사는 이치이니 설령 망하더라도 너무 의기소침할 필요 없다는 뜻이다. 실은 당신이 살아 있는 동안에 아들이 고향으로 도피할 만큼 확실히 패하지는 않았으면 하는 간절한 바람이었음을 안다. 하지만 나는 아버지의 그런 속마음을 짐짓 모르는 체 어려운 일이 닥칠 때마다 아버지 곁으로의 도피를 꿈꾸었다. 머릿속엔 언제나 고향집 대청마루에서 비발디의 '사계'나 들으며, 사서삼경이나 읽으며, 가죽나무 위에 앉은 까치나 희롱하며 사는 내 모습이 있었다. 고향집의 샘물 맛도 그리웠다. 그런데 막상 세상에서 밀려나고 보니 정작 내가 돌아갈 곳은 내 탯줄을 묻은 그곳밖에 없기도 했다. 내가 고향 한옥 펜션지기를 꿈꾸는 이유다.

다 떨쳐버리고 머리를 깎은 비구가 되리라. 바다가 보이는 어느 산 중턱에 토굴을 짓고 딱 죽지 않을 만큼만 쌀 시주를 받고 산나물 뜯어먹는 청정한 비구로 사는 거다. 나처럼 세상살이 풍파 다 겪어야 부처님의 말씀을 제대로 이해하고 그 깊은 뜻을 사바세계의 중생들에게 전할 수 있지 않겠는가. 깊은 산속 절에서 청정하게 살며 경전 공부로만 밥그릇 쌓여 큰 스님이 되면 세상사를 어찌 아시겠는가. 세상의 온갖 백팔번뇌는 다 처자식으로부터 비롯되는 것이 아닌가. 처자식을 십자가로 지는 고통도 겪지 않고 어찌 도를 논할 수 있을까. 나는 면벽 수도에 전념하시는 스님들을 보면 부럽고 존경스럽기도 하면서 이런 생각도 든다. 먹고 사는 어려움과 처자식을 먹이고 살리는 데서 비롯되는 세상의 온갖 번뇌를 다 경험한 후에 나이 4, 50이 되어 비로소 삭발하고 본래의 청정한 마음으로 돌아가 비구가 되는 것이 제 길은 아닐까?

작가라고 쓰긴 썼지만 시나 소설을 쓸 수 있는 능력은 나에게 없다. 세상 여러 일에 하고 싶은 말이 많지만 아무도 내 이야기를 들어주지 않으니 차라리 책으로라도 내자. 당장 내일 내가 죽는다고 해도 세상은 잘만 돌아갈 것이다. 하지만 내가 하고 싶은 이야기조차 실컷 해보지도 못하고 바람과 함께 사라진다? 이건 좀 억울하다. 이름은 날리지 못하더라도 내 자식들이 읽어줄 책이라도 남기자는 마음에서 작가를 꿈꿨다. 작가보다 저술가라는 말이 더 어울리는지도 모르겠다. '가(家)'를 쓸 만큼 가풍을 이룬 처지도 아니므로 그냥 '놈(者)'이라는 뜻의 '자'를 써서 '저술자'가 더 어울리려나.

내가 승마라는 언뜻 귀족스러워 보이는 스포츠에 발을 들인 것은 우연이었다. 공무원 조직에서 의사결정의 실직적인 핵심인 과장이 되자 골프 초대를 자주 받았다. 그린피에다 게임 후 식사까지 하려면 1인당 20만 원 이상의 거금이 들기 때문에 공무원끼리 제 돈 내서 골프를 친다는 것은 말이 안 되고 대부분이 출입업자들의 초대였다. 시냇물이 졸졸 흐르고 파란 잔디가 끝없이 펼쳐진 풍경에, 예쁘고 상냥한 캐디의 시중에, 그늘집의 맛있는 음식까지 있으니 이곳이 천국이 아니면 어딘가. 운동을 끝내고 살살 녹는 등심을 먹으며 동행한 사무관에게 말했다. "야, 이 사무관. 이래서 사람들이 골프, 골프 하는구나!" 그런데 이 친구 툭 던지는 말이 가관이다. "과장님도 스폰서 많잖아요? 초대 안 해줘요?" 했다. 순간 깨달았다. '이것이 골프 접대로구나. 내가 업자들 하고 골프나 치고 다니니 직원들이 그대로 따라하는구나.' 그날 이후로 지금까지 각자 돈을 내거나 내가 비용을 지원하는 경우가 아니면 나는 절대 골프를 치지 않는다. 첫날, 당시 '안양CC'에서 96타를 칠만큼 '골프 신동'이던 내가 '멀리건'을 한두 번 받고, '알까기'를 한 서너 번 하고, 물론 '오우케이'는 퍼터 한 개 길이로 얻고도 100타 아래로 내려오지 않는 이유다. 그 대신에 1시간에 4~5만 원이면 땀을 뻘뻘 흘리며 몸무게 700킬로그램짜리 말과 씨름할 수 있는 승마를 한다. 말과 함께 호흡하며 달리고 나면 상쾌하다. 언젠가는 고향의 들판에서 '역발산기개세(力拔山氣蓋世)'의 무신 복장으로 말 갈기를 휘날리며 달려보고도 싶다. 이것이 내가 승마용 말사육사를 꿈꾸는 이유다. 국민소득이 3만 달러가 넘으면 승마를 선호하는 사람들이 가파르게 늘 것이라는 우리 승마장 최 사장의 주장도 물론 선택에 영향을 미쳤다.

나는 이렇게 고른 다섯 가지의 일을 표의 세로축에 넣고 가로축에는 수익성과 선호도를 고려하였다. 사람에 따라서는 앞에서 열거한 나의 기준에서 더하거나 덜해서 스스로가 생각하는 기준, 가령 '적성, 미래의 가능성, 가족과의 소통' 같은 항목을 새로 넣을 수도 있을 것이다. 나의 경우는 두 가지 판단 기준, 즉 수익성과 선호도에 가중치를 매겼다. 전체 가중치 100퍼센트 중 수익성에 60퍼센트, 그리고 선호도에 40퍼센트를 주었다. 아직 아이들이 어려 돈이 들어갈 곳이 많으므로 수익성을 더 높게 잡은 것이다.

일 \ 선택 기준	수익성(60%)	선호도(40%)	총점	순위
사진 여행가	1	6	3.0	2
한옥 펜션지기	3	5	3.8	1
저술자	1	4	2.2	4
스님	1	3	1.8	5
승마용 말사육사	2	3	2.4	3

사진 여행가	$1 \times 0.6 + 6 \times 0.4 = 3.0$
한옥 펜션지기	$3 \times 0.6 + 5 \times 0.4 = 3.8$
저술자	$1 \times 0.6 + 4 \times 0.4 = 2.2$
스님	$1 \times 0.6 + 3 \times 0.4 = 1.8$
승마용 말사육사	$2 \times 0.6 + 3 \times 0.4 = 2.4$

이 가중치도 사람마다 다를 것이다. 여러 형편을 따졌을 때 돈벌이가 우선인 사람이라면 수익성의 가중치를 크게 하고 내 좋은 일을 하는 게 더 중요하다면 선호도의 가중치를 높여야 할 것이다. 또 돈은 이미 충분해서 더 벌 필요가 없는 사람과 실수로 늦둥이를 낳은 가난한 명퇴자는 당연히 수입성의 가중치가 다를 것이다.

이처럼 내가 할 일의 선택 기준도, 각각의 기준에 부여할 가중치도 자신이 처한 형편에 따라 사람마다 달라져야 한다. 모두가 호

오(好惡)의 문제이지 선악의 문제는 아니다. <u>스스로의 선택이면 그</u>
것이 옳은 것이다. 그러고 나서 빈 칸을 하나하나 메꾸었다. 7까지
범위를 한정해두고 제일 크면 7, 제일 작으면 1을 채워넣었다.

　　가령 사진 여행가는 누가 내 사진을 사거나 여행 칼럼을 신문이
나 잡지에 실어줄 리 만무하니 수익성에 최하점인 1, 하고 싶은 생
각은 굴뚝이니 6점을 주었다. 스님은 돈 생기는 일은 아니므로 수익
성에 1점을 주고 내가 좋아하는 정도는 3점을 주었다. 승마용 말 사
육은 타기도 하고 직접 길러 수입도 올리려는 취지로 수익성에 2점
을 주었다. 이런 식으로 내가 하고 싶은 각각의 일에 대한 총점을 계
산했다. 그리고 순위를 매겼다. 한옥 펜션지기가 총점 3.8점으로 1
위였다. 여기서 바로 답이 나왔다. 한옥 펜션지기를 하면서는 동시
에 승마용 말도 키울 수 있지 않은가. 두 가지를 한꺼번에 하면 일석
이조가 되어 총점이 3.8+2.4=6.2가 된다. 이렇게 내가 퇴직 후에 할
일은 '고향에서 말 타면서 한옥을 가꾸는 펜션지기'로 결론이 났다.
내가 할 일이 정해지자 가족들과 떨어져 수도자처럼 살고 싶다는 내
마음 깊은 곳의 은밀한 기대도 꿈틀거렸다. 누마루에 앉아 막걸리
사발을 들이키며 달을 바라보고 당송의 시를 읊는 내 모습을 떠올려
보았다. 겨울에는 말을 달려 꿩 사냥을 나가도 좋을 것이다. 가슴에
는 추위를 이길 작은 양주 한 병을 넣고 백구까지 함께 꿩을 쫓는 모
습을 상상하니 신났다. 내심 자기는 서울에 남겠다는 아내의 대답을

기대하며 조심스레 아내에게 나의 이런 구상을 말했더니 자기도 대
찬성이란다. 급 실망! 그럼 일단 찬물 한 사발 들이키고 조강지처 데
리고 함께 갈까?

일흔셋 택시 기사의
즐거운 나날

대전 버스 종합 터미널에 내려 택시를 잡아 타면 둘에 하나는 "오래 기다렸는데 다른 차 타지 그래요." 한다. 손님을 기다리느라 오랫동안 서 있다가 이제 제 차례가 되었는데 기본요금밖에 안 되는 가까운 거리는 가고 싶지 않다는 말씀이다. 그래, 더러워서 안 탄다. 아니나 다를까 그날도 그렇게 탔던 택시를 내리고 다시 타기를 반복하고 있었다. "한남 대학교 가실 수 있으세요?" 수차례 퇴짜를 맞고 다시 묻는데 "당연히 가야지요. 물으실 필요가 뭐 있어요." 하는 게 아닌가. 열에 하나 있을까 말까한 상쾌한 대답이었다. "하도 가기 싫어하는 택시가 많아서요. 그렇다고 매번 싸울 수도 없고요." 하며 황송하게 택시에 올라탔다. 한 여름에 택시를 타면 슬리퍼에 털이 숭숭한다리를 다 내놓고 운전하는 기사들, 손님의 냉방병을 걱정해서인지 아니면 자기 건강을 위해서인지 에어컨도 켜지 않는 기사들이 많다. 더구나 '뽕짝'을 크게 틀어놓고 손님은 안중에도 없이 노래까지 흥얼거리는 기사들이 너무 많아 말 한마디라도 잘못했다간 얻어 맞을까 두렵기까지 하다. 그래서 택시를 타면 항상 말조심을 해야지 싶어 긴장한다. 그런데 오랜만에 상쾌한 기사 아저씨를 만나니 황송했다. 하얀 와이셔츠에 까만 바지를 입고 반질반질하게 빛나는 구두까지 깔끔하게 차려 입고 있는 온화한 얼굴의 신사였다. 그래도 나는 택시 기사라면 무조건 겁이 나서 눈도 마주치지 못하고 뒷좌석에 다소곳이 앉아있었다. 그런데 이 기사 양반이 말을 걸었다.

"내가 텔레비전에서 차동엽 신부님 강론을 들었는데 어떤 사람이 뭐든지 시종이 해주는, 밥도 시종이 먹여주고, 골프도 시종이 쳐주고, 화장실에서 지퍼도 시종이 내려주는, 하여튼 모두 시종이 해주는 천국 같은 곳에 가보니 엄청 좋았대요. 처음엔 좋았는데 그래도 너무 할 일이 없으니 점차 심심해졌답니다. 그래서 이제는 자기가 직접 해보겠다고 말했대요. 그런데 시종이 '여기는 다른 것은 다 할 수 있는데 스스로 하는 것은 허용이 안 된다'고 하며 절대 시켜주지 않더래요. 심심해서 미칠 것 같은 이 사람이 '그러면 나를 여기 천당 말고 그냥 일 많은 지옥으로 보내달라'고 했답니다. 그랬더니 이 시종이 말하기를 '그럼, 여기가 천국인줄 아셨어요? 여기가 지옥인데요'라고 했다는 말씀을 들려주시던데 정말 그래요. 나는 내 할 일이 있다는 것 자체가 정말 복 받은 거라고 생각해요."

"그럼요. 일 없는 세상은 지옥이란 말이 맞겠네요."

"내가 40년 용띠 일흔셋인데, 대전 사범을 나왔어요. 초등학교 선생으로 발령을 내준다는데 자꾸 섬으로, 시골로만 보내는 거야. 그래서 때려치우고, KT에 갔더니 선생 봉급의 여섯 배를 줍디다. KT에서 30년 일하고, 정년 후 지금까지 13년을 이 일을 하고 있어요. 운동하고, 세상 사람 만나고, 돈 벌고 정말 좋아요. 부러운 거 아무것도 없어요."

"연세가 그리 보이지 않으신데요. 사범학교였으면 당시에는 최고 엘리트들이 가는 곳 아닌가요?"

나의 아부 특기를 살려 엘리트에 최고라는 말을 살짝 덧붙였다. 이 어르신, 신이 나셨다.

"그럼요, 군대도 안 갔는데 뭐. 그래서 6남매 모두 선생 아니면 공무원 시켰어요."

"대단하신데요."

"허허허, 노는 친구들은 죽은 놈도 많고 다 비실대고 있어요."

"그래도 연세도 있으니 놀러도 좀 다니시고."

"노는 것도 일하다 놀아야 좋지 맨날 놀면 아까 신부님 강론처럼 그것이 지옥이지 뭐예요."

2,800백 원 나왔는데 3,000원을 드리고 거스름돈은 필요 없다고 하고 내렸다. 이런 택시라면 1년 내내 택시를 타도 그까짓 돈 3,000원이 아까울 리 있는가.

길가 공원에 앉아 세월을 낚는
반백의 강태공

언제부터인지 집 앞 짜투리 공원 잔디밭에 보라색 봉고차가 자리를 잡았다. '성인용품'이라고 쓰인 간판이 야간 조명처럼 반짝거렸다. 배달도 가능하다는 표시로 핸드폰 번호까지 적어놓고 있었다. 나는 그 앞을 지날 때마다 '동네 창피하게 어떤 변변찮은 인간이 저런 장사를 하고 있나?' 하고 생각했다.

그러던 어느 날이었다. 생맥주를 한잔하고 돌아오는 길에 봉고차에 눈길이 갔다. 도대체 어떤 인간이 이리도 낯짝이 두꺼운지 그 얼굴 한번 보고 싶었다. 도대체 뭘 파는지, 이런 게 필요한 비실비실한 인간은 도대체 누구인지도 궁금했다. 전장에 나가는 비장한 학도병처럼 성큼성큼 봉고차로 걸어갔다. 봉고차 옆에는 수국 꽃을 벗 삼은 반백의 사내가 책을 읽고 있었다. 인기척을 내는데도 벤치에 앉은 사내는 독서 삼매경이었다. "저, 구경 좀 할 수 있어요?"라고 묻자 그제야 사내가 책을 내려놓고 얼굴을 들었다. 사내의 얼굴을 보고 나는 깜짝 놀랐다. 일간 스포츠 만화 '수호지' 같은 것이나 읽고 있는 포주의 얼굴을 기대했는데 뜻밖에 서양사학과 교수 같은 얼굴을 하고 있지 않은가. 내 고정관념인지 몰라도 아무튼 서양사를 공부하는 사람들은 우리 같은 토종하고는 좀 다르다. 머나먼 서양에서 설령 백년전쟁이 일어난들 천하태평으로 평화로운 얼굴하고 있다. 술을 마셔도 막걸리 대신 '와인이라면 역시 보르도야!'를 읊조리고 '천하의 촌놈들은 다 까불어봐라' 하는 듯 코는 뾰족하고 눈은 푹 꺼진 그런 느낌이다. 이 사내가 바로 그랬다. 사내는 반백의 머리칼을 손으로 대충 빗어 넘기더니 봉고차의 뒷문을 말없이 열어주었다. 마치 70년대에 다방에서 볼 수 있었던, 007가방에 손톱깎이며, 스위스 칼이며, 외제 담배 등을 가지런히 정돈해서 돌아다니며 팔던 바로 그 모습이었다. 빨강, 노랑, 초록의 콘돔이 풍선처럼 걸려 있고 각종 거대한 바이브레이터가 진열되어 있었다. 색색의 알약도 비치되어 있었다. 그쪽으로 자꾸만 눈이 갔지만 왠지 나약해보이기 싫어서 얼른 다른 데로 눈을 돌렸다. 나는 바이브레이터를 가리키며 가격을 물었다. 2만 원부터 10만 원까지 가격대가 다양했다. "7만 원짜리 하나 주세요." 엉뚱하게도 럭키 세븐, 숫자 7이 좋을 것 같아서였다. 돈을 내면서 슬쩍 물었다.

"돈 좀 됩니까?"

"대기업 다니다 나왔어요. 집사람한테만 의지하는 것도 그렇고…… 한번 해봤는데 생각보다는 괜찮네요. 어머니도 요양원에 계시고……."

무언가 싸한 것이 목으로 울컥 올라왔다. 나보다 얼굴이 훨씬 잘 생기고 서울말만 썼지 형편은 나하고 똑같았다. 먹먹한 감정이 잠시 오갔다. 봉고 옆에 앉아 세월을 낚는 강태공이 바로 이런 사람이구나. 내 자신의 다른 모습일 뿐이구나.

집에 들어가자마자 큰소리를 외쳤다.

"오늘 당신 선물 하나 사왔는데."

"무슨 선물?"

"이거 봐."

내숭인지 진짜인지 모르겠지만 아내는 굵은 만년필처럼 생긴 이것의 정체를 자꾸 물었다. 정체를 말해주자 그제야 깔깔대며 작동해보고 야단이 났다.

후에 상갓집에서 오랜만에 만난 공대 학장하는 친구에게 슬쩍 물었다. "현승아. 너 무슨 마찰인지 프릭셔너린지 그런 걸로 코흘리개들 공부나 가르치면 뭘 하냐? 세계 제일의 공대를 나왔으면 엔지니어의 사회적 책임을 다해야 하지 않겠어? 내게 세상을 널리 이롭게 할 아이디어가 하나 있다.” 하지만 역시 공돌이 범생이들은 못 말린다. 그건 자기 전공이 아니라며 여자에 도가 튼 희수한테 나를 떠넘기고 가버렸다. 그러나 백전노장 우리는 다 알지 않는가. 인간에게 무엇이 필요한지를 말이다. 누가 그 보라색 봉고차를 두고 불법 행위라며 돌을 던질 수 있을까. 법을 만드는 사람이든, 그 법으로 단속을 하는 사람이든, 그리고 악법도 법이라며 소크라테스를 들먹이는 사람이든 말이다. 세상을 살아오면서 범법행위를 하지 않고 청정하게 살아왔다고 자신할 수 있다면 저 신사에게 돌을 던져라. 길가 공원 수국 꽃 뒤에 앉아 숄로호프의 『고요한 돈 강』을 읽으며 늙은 모친을 봉양하고 있는 저 반백의 사내에게 말이다.

.

부동산 경매로 거부가 된 충청도 양반

부산에서 기관장을 하고 있을 때다. 국장 한 분이 여름휴가를 다녀오겠다고 해서 그러시라고 했는데 휴가 기간 중에 이 양반을 만났다. 그것도 직장 내 화장실에서다.

"아니, 휴가 안 가셨어요?"

"아니, 뭐 조금……."

"왜, 무슨 일이 있나요?"

무슨 급한 일이라도 생겨서 휴가 중 잠깐 들어왔나 싶어서였다. 그런데 이 양반이 하는 말이 가관이다.

"그게 아니고 창고로 휴가 갔습니다."

아니 이게 무슨 말인가 싶어 이 양반을 앞장세워 창고로 갔다.

들어보니 휴가를 내놓고 회사 창고로 들어가 공인 중개사 시험공부를 하고 있다는 것이다. 창고는 어른 몸을 마음대로 움직이는 것도 턱없이 부족한 좁은 공간이었다. 에이컨도 물론 없었다. 런닝셔츠만 입고 자리에 앉은 이 양반이 조금 계면쩍게 말을 꺼냈다.

"여러 번 시험을 쳤는데 공인 중개사도 이제 어려워져 대충하면 되질 않아요. 이번엔 어떤 일이 있어도 끝내버려야지요."

집에선 공부가 안되고 독서실은 졸음만 와서 장소를 고민하고 있었는데 정신을 집중할 수 있는 곳으로는 직장 내 창고가 제일이더란다. 대단한 분이구나.

이 분이 정년퇴직을 하고도 해마다 가을이면 배와 배즙 상자를 집으로 보내왔다. 얻어먹으면서도 '이 양반이 공인 중개사 사무실을 차려야지 왜 배즙을 보내지?' 하고 궁금해했다. 어느 날 전화가 왔다. 김포 어딘데 한번 놀러 오란다. 가족끼리도 가깝게 지내던 사이였다. 간혹 노래방에 가서 술을 한잔하면 형수님께 손을 척 내밀며 '부르스 한곡?' 하며 깔깔거리는 사이라 집사람도 나도 서둘러 채비를 했다. 서울을 벗어나 10분도 가지 않았는데 아파트 밀집지구가 나타났다. 바로 옆에 이 양반의 배밭이 있었다. 국장님과 형수님이 밭 한가운데 솥뚜껑만 한 등심을 불판에 올려놓고 버선발로 뛰어나와 우리를 맞았다.

"이게 뭡니까? 대단합니다."

“공인중개사 자격증을 따서 경매를 조금 해봤어요. 아파트는 가격이 뻔해서 아줌마 부대가 대거 점령하고 있고, 상가는 거기서 무슨 사업을 해야 얼마를 벌 수 있는지를 다 따져봐야 하는데 경험이 없으니 힘들더라고요. 그래서 노후에 농사나 지을 겸 밭을 해봤는데 근처에 아파트가 들어오니 괜찮아요.”

“이 정도가 몇 평인데요. 한 1,500평?”

“그보다는 조금 커요.”

“한 평에 얼만데요?”

“얼마 안 해요.”

“한 300만 원?”

“뭐 그 정도.”

충청도에서도, 그것도 양반의 본고장인 공주 출신, 게다가 진짜 양반 한산 이 씨로 겹 양반인 이 양반이 300만 원이라면 필시 한 500만 원 정도 될 것이 분명했다. 이런 거부한테는 한우 등심 정도 얻어먹어도 상관없다는 생각으로 실컷 먹고 즐겼다. 카메라나 메고 경주 남산, 지리산, 한려수도를 헤매고 다녀서 남을 게 뭔가. 말솜씨 하나만은 1등인 유홍준의 답사기에 홀려 이곳저곳 기웃거리고, 문화인이 다 된 양 사람들한테 자랑이나 하면서 세월을 보냈구나. 다 늙은 내 자신이 한심하기도 하고, 이 양반이 이렇게 성공한 것이 내심 질투도 나니 술이나 먹고 취해버려야지 어디 견딜 수가 있나.

나는 서울 해설할 때가
제일 행복해!

와이프가 유명 화가라고 폼 좀 잡는 내 친구 승준이는 지금 '서울 해설사'가 되었다. 회사에서 25년을 일하다가 나온 뒤에 본격적으로 우리 문화재를 공부했단다. 이젠 창덕궁이며 경복궁, 그리고 종묘 해설이 자기의 특기라고 자랑이 시끄럽다. 외국인들에겐 영어로 해설한다나. 재개발로 헐린 후 종로 피맛골 맛집들이 들어선 골목 한 가게에 자리를 잡았다. 길거리에 생선을 구워 내놓던 허름한 골목집의 낭만은 사라졌지만 예전의 맛만은 여전히 남아 있었다. 피맛골 삼치구이와 막걸리 잔을 앞에 놓고 물었다.

"글쎄, 영어로? 너 '허법사'한테 맨날 맞았잖아. 그 영어 실력으로 고궁해설을 한단 말이야? 외국인들이 알아듣긴 하냐? 우선 나한테 한번 해봐라.”

　　이 친구 ‘이런 무식한 놈하고 무슨 말이 통해야지.’ 하는 표정으로 그저 막걸리만 들이킨다. 허법사는 우리 고등학교 때 영어 선생님이다. 진짜 별명은 ‘리프러덕션’. 단어 하나에 관련 문장을 꼭 서너 개씩 외우도록 시키고는 “열 문장씩 리프러덕션 하란 말이야. 알겠재?”라는 말을 꼭 붙였기에 우리가 만들어 드린 별명이다. 수업시간에는 가끔 불법(佛法)도 설파하셨다. 토종 경상도 사투리로 “야, 너희놈들 말이야. 아침에 학교 올 때 버스 정류장을 막 떠난 버스가 다시 멈춰 멀리서 뛰어오는 너희들을 한참동안 기다려주는 것은 너희들에게는 선이재? 맞재? 그런데 말이야, 버스 안에서 회사 출근이 늦어 발을 동동거리는 회사원에게도 선이가? 아니면 악이가?” 하면 모두들 멍하니 허법사 님의 말씀에 고개를 주억거렸다. 동기 중에 큰 스님이 세 분이나 배출된 것도 다 이 허법사 님 덕이다. 그런데 그 놈의 리프러덕션 숙제를 안 해와서 매번 허법사 님에게 봉걸레 자루로 맞던 승준이가 외국인들에게 영어로 서울과 고궁을 해설한다니 놀랍기만 했다. 세월이 많이 흘렀나보다. 도시와 고궁 해설이 자기의 적성에 딱 맞는다고 자랑까지 했다. 멋지고 부러웠다.

　　오랜만에 광화문에 나온 김에 친구와 함께 경희궁 옛 모교 터에 들렀다. 여전히 팽나무가 서 있었다. 그 밑에서 그림 그리고, 궁터 계단 위에 숨어 담배 피우고, 아예 경희궁 본궁의 기단 위에 지은 강당에서 합창대회하고, 체육관에서 태권도와 유도를 배웠다. 경희궁의 기단 돌 한 개, 기와 한 장, 나무 한 그루까지 생생했다. 해마다 가을이면 야외 캠핑 훈련을 하던 운동장에도 가보았다. 깊은 방공호에 숨어서 담배를 함께 피우던 친구 영수 놈은 유명 교수가 되었다. 끝도 없이 깊은 방공호 벽에는 '김일성 동지 만세' 옆에 '퍽유'라는 낙서가 있다. 영수는 스펠링까지 적어가며 '퍽유'의 뜻을 해설하던 놈이었다. 한참을 친구와 새록새록 떠오르는 추억을 나누고 있는데 한 30명 정도 되는 아주머니 무리가 운동장으로 들어섰다. 해설사 한 사람이 경희궁 터를 설명하고 있었다. 우리들이 수업 빼먹고 버찌 따먹다 입술이 까매져서 선생님께 회초리를 맞았던 바로 그 바위 위에서 말이다. 이 양반이 해설에 너무 몰입한 나머지 우리가 3학년 때 화장실 자리에 새로 지어진 건물을 가리키며 "이것만은 조선시대 때 처음 지어진 건물 그대로"라고 설명하고 있었다. 나의 경솔함이 빛을 발하는 순간이었다.

"조선시대 건물은 이곳에 하나도 없어요. 그건 우리 학교 화장실 터고요."

아차, 이놈의 입방정이 언제나 문제였다. 후회한들 돌이킬 수는 없었다.

"선생은 누구요?"

"나는 아무것도 아닌데요."

해설을 듣고 있던 아주머니들도 일제히 나를 쳐다보았다. 권위 있는 해설자에게 유식한 말씀을 듣고 있는데 참 무식한 인간이 하나 나타났다는 표정이었다. 남의 해설에 끼어든 것은 확실히 무식한 일이다. 하지만 3학년 화장실 문짝에 유신헌법을 비난하는 대자보가 수시로 붙고 그 아래 수없이 달리는 리플들을 선생님들이 뜯어버리기 전에 우리 모두가 즐겼다는 것만은 사실이다.

한 도시를 해설한다는 것은 승준이 말마따나 재미있고 뜻 깊은 일이지만 그만큼 어려운 일이다. 조선의 궁궐을 해설하려면 궁을 지을 당시의 왕과 왕비를 알아야 하고, 왕권의 강약을 알아야 하고, 궁궐의 풍수지리를 알아야 하고, 당시의 정승판서와 당파를 알아야 하고, 당시의 국제 정세를 알아야 하고, 당시의 건축술을 알아야 하고, 당시의 미술을 알아야 한다. 거기에 더해 신문로 '성곡 미술관'의 연못 돌이 조선의 서(西)궁이었던 경희궁의 어느 건물 기단 돌임에 틀림 없을 것이라는 날카로운 눈매 정도는 가져야 한다.

서울이라는 도시야말로 얼마나 깊고 그윽한, 그리고 발랄한 맛이 있는가. 가난한 선비였던 남산골 딸깍발이 이야기를 빼놓고 서울을 이해하길 바란다면 그것은 욕심이다. 일제 때 일본인들이 남산 기슭의 배산임수 자리에 거주하면서 그 위쪽에는 신사를 만들어 소학교 코흘리개까지 모두 참배시켰던 이야기도 슬프다. 조선 거리였던 종로는 불빛조차 드물었지만 일본인의 거리였던 명동은 네온사

인으로 불야성의 도시였다는 이야기를 빼먹고 서울을 이해할 수 있을까. 당시에는 지금의 신세계, 예전의 미스코시 백화점에서 일제 명품 하나쯤은 사 입어야 조선에서 멋쟁이 소리를 들을 수 있었다는 옛이야기도 곁들여야 할 것 아닌가.

가까운 과거에는 케이블카 초입부터 팔각정까지 올라가는 호젓한 산길이 6~70년대 시골에서 갓 상경한 청춘남녀들의 데이트 코스였다는 이야기도 있다. 아침이면 소나무에 처녀들의 속옷이 적어도 세 벌씩 발견되곤 했다나. 이렇게 삶의 일부를 담지도 않고, 이 건물은 철종 몇 년에 지어졌고, 이 나무 이름은 갈참나무고 하는 이야기를 진짜 해설이라고 할 수 있겠나.

내가 이런 나의 생각을 진짜 서울 해설사 승준이에게 말했더니 맞다며 껄껄 웃는다. 어느덧 이렇게 나이가 들었을 때 서로의 어린 시절을 기억해줄 친구가 있다는 것은 인생의 큰 행운이다. 한창 때는 동기들을 보면서 출발선이 같은데 도착점은 다르다는 생각을 하기도 했다. 하지만 이 나이쯤 되면 다시 돌아온다. 일선에서 물러나 남은 인생을 고민하는 비슷한 지점에 도달한다. 배워야 할 대상이 꼭 어른이어야 할 필요는 없다. 자기의 적성에 맞는 일을 뒤늦게나마 찾아 온몸을 내던진 내 친구 승준이에게도 배울 것이 많았다.

귀농 10년째,
1년 수입 9백만 원

부잣집 고명딸로 귀했던 여자, 그래서 이름조차 '귀님'이었던 우리 엄마가 우리 집안에 시집온 후 매일 겪어야 했던 하루는 이랬다. 아침에 일어나자마자 차가워진 할머니 방에 군불을 땔 겸 아버지의 세숫물을 데운다. 새벽 5시쯤 되면 아버지가 사랑채 누마루에서 세수를 하고 물을 마당에 버린다. 그 소리가 우리들의 기상 나팔소리다. 그때쯤이면 벌써 일하는 아재들이 와서 아직 컴컴한 마당을 왔다 갔다 하며 웅성웅성한다.

엄마는 엊저녁 불려놓은 콩을 절구로 갈아 콩죽을 쑨다. 우리들의 새벽 간식이다. 아침 준비를 위해 아궁이에 불을 넣어놓고 방과 마루를 걸레로 닦는다. 방만 해도 일곱 개, 마루만 해도 네 개다. 간혹 우리가 마당을 쓸 때도 있지만 거개는 엄마 차지였다. 아침 준비는 최소 15인분이었다. 일하는 아재들이 최소 다섯 명, 우리 식구가 열 명이었다. 거의 매일 우리 집을 찾는 동냥치 아재 일행의 밥도 물론 포함되어 있었을 것이다. 당시만 해도 동냥치 아재들이 많았다. 아침마다 10명도 넘는 아재들이 논두렁을 가로질러 우리 집으로 들어와서 대문 아래 깔린 멍석에 둘러앉아 밥을 기다렸다. 그러면 엄마가 부엌에서 우리 형제들을 불러내서 "아재들 갖다 드려라." 하고 큰 양푼과 김치, 된장국 등을 퍼준다. 나는 사람들이 우리 집에 와서 왁자지껄 하는 것 자체가 그냥 재미있었다. 점심과 저녁은 아버지와 할머니, 그리고 엄마를 비롯한 우리 형제들이 각자 다른 곳에서 밥을 먹었지만 아침만은 우리 식구 모두가 안채 대청마루에서 먹었다.

아침밥을 먹기 시작하면 아버지가 "너는 밥 들고 저기 가서 먹어라." 하고 대문 쪽을 가리킨다. 나는 밥그릇을 들고 아재들 사이에 끼어 맛있게 밥을 먹었다. 재미있는 이야기가 많았다. 박정희 때보다 이승만 때가 좋았고, 이승만 때보다 일제 때가 더 좋았다든가 박정희가 경상도 대통령이어서 경상도 신작로만 전부 쫙 포장되어 있다는 등의 이야기였다.

아재들 중에 목소리가 제일 큰 '순맹이' 아저씨는 매번 자기가 일본에서 대학 다닐 때의 이야기에 열을 올렸다. 방학이 되면 하얀 모자에 하얀 제복을 차려 입고 관부연락선을 타고 현해탄을 건너와,

부산에서 대전을 거쳐 호남선 기차로 영산포까지 온 후 버스를 갈아타고 모개나무 거리 차부에서 내렸단다. 진짜 이름은 아마 '순명'이었을 것이다. 이런 말도 기억난다. 동경의 미스코시 백화점 화장실에서 일을 보다가 '우리 재산을 다 합해도 이 화장실 땅 한 평 값도 안 되는구나.' 하는 생각이 갑자기 나더란다. 아마 천석꾼 집 큰 아들인 자신이 사회주의를 알게 된 이유, 그래서 입산하게 된 이유를 설명하려는 것이었으리라.

까마득히 잊고 있다가 마흔이 넘어서 아버지에게 어릴 때 왜 나를 거지들 밥 먹는 사이에 보냈냐고 물어본 적이 있었다. 아버지가 말했다. "그 사람들 입산했다지만 공산주의가 뭔지 빨갱이가 뭔지 알기나 했다냐? 일본 놈들 미운께 그란 것이재. 그라고 다들 아부지 친구들이고 성님들인디 큰 아들을 보내는 게 그 사람들에 대한 대접이재."

이렇게 왁자한 아침식사가 끝나면 엄마는 설거지를 한 후 바로 동네 아짐들과 함께 5리 정도 떨어진 농장으로 간다.

그리고 해가 중천에 뜨면 일하는 중간에 아재 아짐들의 점심 준비를 위해 헐레벌떡 집으로 달려온다. 리어카 둘에 한가득 음식을 실어 한 대는 논에서 일하는 아재들에게 보내고 한 대는 직접 리어카를 몰아 농장의 아짐들한테 가지고 간다. 머리에 수건을 두르고 오후 내내 일하다가 아짐들이 돌아가면 어둑한 농장에 남아 뒷마무리는 엄마 혼자서 한다. 더 어두워져서 마중나간 우리들의 손을 잡고 집에 들어온다. 그때만은 엄마 얼굴이 얼마나 평화로웠던가! 엄마 손을 잡고 씩씩하게 걸었던 우리는 또 얼마나 행복했던가! 또 오자마자 시장하다는 아버지와 배고프다는 우리들의 저녁을 차린다. 저녁은 우리 식구들만 먹으니 간단하게 무채나 고구마 순 된장 무침 같은 간단한 나물로 준비한다. 아버지 상은 사랑채로, 할머니 상은 안방으로, 우리들의 도리상은 마루로 가져온다. 열 식구의 설거지가 끝나면 얼른 몸을 씻고, 아버지가 내일 입을 명주 저고리를 숯다리미로 다린다. 그러고 나서야 윗목에 앉아 '구루무'를 얼굴에 바를 수 있었다. 우리들의 구멍 난 양말을 전구 머리에 씌워 꿰매다가 앉은 채로 꾸벅꾸벅 존다. 그대로 잠자리에 든다. 새벽부터 입은 몸뻬 차림 그대로다. 매일이 이랬다.

귀농이 트렌드가 되었단다. 농촌에 가기를 원하는 타입은 크게 두 가지다. 공기 좋은 곳에 현대식 집을 짓거나 고향 집에 돌아가 퇴락한 집을 편리한 구조로 수리한 뒤 텃밭에 상추 정도 심어 먹겠다면 이것은 귀촌이다. 전통차를 마시며 낮에는 텃밭에다 채소를 가꾸고 밤에는 독서와 그림, 혹은 도자기나 수도 생활을 하겠다면 이것도 역시 귀촌이다. 그렇지만 농사를 짓든 축산을 하든 수입을 내면서 일하고 싶다면 차원이 다른 귀농이다. 귀농의 경우에는 우리 엄마보다 더한 노동과 외로움을 각오해야 한다. 예전이야 주위에 함께 일해 줄 아재와 아짐들이 바글거렸지만 지금은 사람의 그림자조차 드물다. 혼자다.

조상 대대로 3백 년을 서울에서 살았던 서울 토박이 선배가 순천 낙안마을로 귀촌 겸 귀농을 했다. 10년 전, 선배 나이 57세 때였다. 선배는 철마다 단감이니, 배, 키위 등을 10년 동안 한결같이 보내주었다. 오랫만에 짬을 내서 삼겹살을 사들고 낙안읍성 부근에 있는 농장을 찾았다. 형수와 선배는 대통주를 한 말이나 준비해놓고 반색을 했다. '맨날 얻어먹기만 해서…….' 하는 의례적인 인삿말을 하는 둥 마는 둥 하며 주변을 살폈다. 3천 평 농장이라 해도 실제 과수를 재배하는 면적은 그 반 정도인 것 같았다. 약 20평 정도 되는 비닐 온실에는 상추부터 가지까지 여러 푸성귀가 자라고 있었다. 시에서 보조를 받아 지었다는 냉장 창고 옆에는 경운기가 있었다. 선배와 형수는 햇볕에 약간 그을린 건강미가 넘치는 얼굴을 하고 있었다. 호미도 잡아본 적이 없다는 선배가 진짜 농부가 되었구나. 앞산이 훤히 보이는 정원의 금잔디 밭 평상에 앉으니 신선이 따로 없었다. 내가 꿈꾸는 귀농이 이런 것이었나.

"선배님은 좋겠어요."

"공기 좋은 게 제일 좋아. 올해는 농사 10년 만에 처음 한 9백만 원 벌었다고.”

“9백이요? 9천이 아니고?”

“이 사람은, 9천 벌면 재벌 되게?”

“저 개는 무슨 종이에요?”

“도베르만. 그런데 저 놈이 말이야. 지 밥 주는 사람만 좋아해. 저를 여기 데려온 건 난데 날마다 참치캔 까주는 지 엄마만 좋아하고 나는 찬밥이야. 배은망덕한 게 사람하고 똑같아.”

서울 논현동에 있던 100평짜리 단독을 팔고 귀농한 선배는 농사 10년 만에 처음 9백만 원을 벌었다며 엉뚱하게 개에 대한 새로운 해석을 내놓고 있었다.

“마음은 편해. 직장 생활 하다보면 세상 꼴 보기 싫을 때 많잖아. 여기까지 어떻게 알고 보내오는지 경조사비 말고는 돈 쓸데도 없어. 9백이면 쓸 만해.”

형수도 한마디 거든다.

“혹시라도 고향에 내려올 생각 마세요. 고생해요. 그리고 돈 들어 갈 데가 없다고요? 다 돈이에요. 비료, 농약, 인건비, 기름값, 다 돈이지 뭐.”

“그래도 저는 이렇게 여유 있는 삶이 부러운데요?”

선배가 다시 거든다.

“여유 있지. 그래도 농사지을 생각은 마. 보통일은 아니야. 돈도 안 되고. 나야 기왕 시작했으니 어쩔 수 없지만 귀농은 힘들어.”

　　귀농의 현실을 이 어리석은 아우에게 가르쳐주고 싶은 선배와 형수는 밤이 이슥하도록 이야기를 이어나갔다. 우선 무엇을 해서 소득을 올릴 것인지, 농사를 지을 것인지 아니면 축산을 할 것인지, 농사면 무슨 작물을 재배할 것인지, 축산을 하면 돼지를 키울 것인지 소를 키울 것인지, 판로는 어떻게 할 것인지를 확실히 하고 거기에 맞게 땅도 사고 밭도 사고 농사 기술도 공부해야 한단다. 농기계도 익혀야 하고 무엇보다 돈이 딱 끊기면 큰일이니 자금 계획도 잘 세워야 한다고 했다. 상당한 투자를 해서 농사를 짓다 망하고 다시 도시 노동자로 돌아간 사람도 많단다. 그럴 경우엔 정말 집도 절도 없는 신세가 된다고 했다. 두어 시간의 술자리에서 귀농 경제경영학 책 한 권은 족히 읽은 것 같았다. 세상에 쉬운 일은 하나도 없었다.

가슴이 두근거려야
정답이다

집 사람은 작은놈 학부모 모임에서 사귄 한 친구를 늘 부러워한다. 남편은 강남의 유명 수학 강사고 부인은 일류 대학을 나온 미모의 도예가다. 공방까지 있다. 남편이 전생에 얼마나 덕을 많이 쌓았기에 이런 복을 다 누리고 사나 싶어서 기분이 썩 유쾌한 건 아니었지만 집사람을 따라 공방에도 가보았다.

보통 실력이 아니었다. 도자기를 좀 안다는 사람은 안다. 초보자는 눈으로 보지만 어느 정도 경지에 오르면 만져보기도 해야 안다. 도자기를 만졌을 때 풍만함이 느껴져야 한다. 여성의 부드러운 살결과 남성의 쇠처럼 단단한 근육이 동시에 느껴져야 잘 된 도자기라고 할 수 있다. 잘 익은 수박을 손가락으로 튕길 때의 맑은 소리도 나야 한다. 도예가라고 해서 다 이 정도 경지에 이를 수 있는 것이 아니다. 어릴 때부터 진짜 청자나 백자, 분청을 머리맡에 두고 보고 만지면서 자라지 않으면 모른다. 우리 집에는 이런 도자기들이 꽤 있었다. 아버지는 도자기를 대청마루 선반에 올려놓고 만지고 또 만졌다. 도자기를 두고 할머니와 아버지의 긴장이 팽팽한 적도 있었다. 할머니가 도자기를 선반에서 내려 깻잎 장아찌를 담그면 아버지는 할머니의 장아찌를 부어버리고 다시 선반에 올려놓았다. 심지어는 모자가 언성을 높이기도 했다.

"이런 구신날 옹가리 어따 쓸라고 아끼냐?"

"어무니, 그것이 먼지나 알고 그라시요?"

일촉즉발의 위기를 넘기고 장독 위에 깻잎 장아찌를 담고 턱 앉아 있던 분청사기를 지금 '진품명품'에 보내면 천문학적인 값이 나올 것이다. 아버지는 늘 도자기를 만지고 탕탕 때려보곤 했다. 나는 아무것도 모르면서 아버지를 따라 뭐라도 느끼는 양 늘 도자기를 보고 만지고 손가락으로 탕탕 쳐보았다. 그래서인지 지금도 나는 도자기를 보면 반사적으로 손이 먼저 간다.

고급 도자기 집에 가면 '만지지 마시오'라는 팻말을 붙여놓은 경우가 많은데 주인이 도자기를 몰라서 그러는 거다. 나는 아무리 고급 도자기라도 주인이 안 볼 때를 틈타 살짝 만져보고 때려본다.

여하튼 자칭 도자기 감정 전문가의 경지에 오른 내가 이 도예가의 작품을 만져보니 비단결이 느껴졌다. 상당했다. 집사람은 공방에서 도자기 여러 점을 얻어와 받침대까지 짜서 귀하게 모시고 애지중지했다. 이후에 강남 어디로 이사 갔다는 말을 들었는데 얼마 되지 않아 그 미모의 도예가가 보험 회사 설계사가 되었단다.

"무슨 소리야? 그 좋은 도자기 실력이 아깝지도 않나? 그걸 살려야지. 참 이상한 사람이네."

"그 친구는 남에게 뭔가를 가르치고 설득시키는 것이 그렇게 재미있대요. 수입도 괜찮고."

도전도 이 정도면 수준급이다. 골방에서 뜨거운 도자기를 구우며 땀을 흘리는 예술 활동도 물론 교양 넘치는 일이지만 난생 처음 만난 사람에게 왜 이 보험이 당신 인생에 꼭 필요한지를 설득하고 계약을 따내는 일에 더 보람을 느끼는 것이다. 스릴 넘치는 일을 하고 돈도 생긴다면 그보다 더 좋은 일이 무엇인가. 스스로가 가슴이 두근거리는 일이 있다면 그게 바로 자기가 할 일이다.

이 도예가처럼 누군가를 가르치고 설득하는 게 더 끌린다면 도예가가 아무리 예술성 높은 고상한 직업이라 해도 헌신짝처럼 내버려야 한다. 혹 배운 기술이 아깝다면 낮에는 세상을 돌며 개미처럼 열심히 사람을 만나면서 적성을 찾고 밤에는 공방에 틀어박혀 베짱이처럼 게으르고 즐겁게 도자기를 구우면 어떨까. 그렇게 개미와 베짱이 두 가지 인생을 살아볼 수 있다면 그 인생도 아름답지 않은가.

도로변 붕어빵 아저씨의 생존기

어떤 경우에도 망하면 안 된다. 어떻게 해야 하는가. 답은 간단하다. 투자가 적은 일을 시작하면 망할 일이 없다. '맨손 창업'에 우리의 길이 있다. 성공 확률도 높다. 만약 실패해도 그냥 손 털면 된다. 다만 용기가 문제다. 그 알량한 자존심, 체면도 버려야 한다. 용기가 문제다. 팔팔 끓는 물에 개구리를 던지면 반사적으로 튀어나와 살아나지만 미지근한 물에 넣어 서서히 온도를 올리면 그냥 따뜻한 물을 즐기다 익어 죽어간다는 말이 있지 않은가. 용기를 내지 못하면 우리도 이 개구리처럼 서서히 말라 죽는다. 정말 솔직하게 이야기하면 정신이 제대로 박힌 직장인은 무조건 가난할 수밖에 없다. 상속 받은 것 없이 봉급쟁이로 살다 퇴직했는데 돈 좀 있다거나 골프가 싱

글이라는 사람치고 도둑질 안 한 사람이 있나 모르겠다. 자리를 이용해서 뒷돈을 받거나 근무 시간 중에 부동산 섹션이나 주식시세표를 흘끗 거리며 살아온 인간들 아닌가. 그것이 시간 도둑, 곧 돈 도둑이 아니고 무슨 도둑인가. 나는 공직에서 돈 먹고 퇴직해서까지 골프 클럽 메고 다니며 거들먹거리는 놈들은 쳐다보지도 않는다. 더군다나 회사 이용해서 돈 번 놈은 아주 죽일 놈이다. 그러니 퇴직하고 돈이 없는 것은 당연지사다. 오히려 직장 생활을 정직하게 했다는 증거다. 그런데도 나는 돈 없는 것을 창피해했다. 돈 떨어지자 창피해서 죽고 싶었다. 그러다가 끓는 물에 던져지자 뜨겁다 소리 한 번 지를 틈도 없이 반사적으로 튀어나와 살았다. 지금 내가 이렇게 자신 있게 베이비부머 후배들의 멘토를 자처하며 일갈하는 용기도 아내가 반찬가게로 가정 경제를 책임지기 때문이다. 어떻게든 살아남았기 때문이다.

고3 작은놈의 영어학원이 저녁 10시에 끝난다. 이 시간이면 애들을 데리러 오는 부모들의 픽업 차량으로 도로가 만원이다. 서두르지 않으면 이중 주차조차 어렵다. 그래서 나는 언제나 30분 일찍 가서 도로 한편에 바짝 붙여 차를 댄다. "저 혼자 걸어오라 하지 왜 이 짓을 날마다 하는 거야?" 이런 소리 몇 번 했다가 아내에게 바가지만 잔뜩 긁혔다. 그래도 내가 투덜대며 따라나서는 데에는 다 속셈이 있다. 학원 건물 앞에서 파는 붕어빵 때문이다. 학생들 약 다섯 명은 늘 서 있는 줄 끝에 서서 기다렸다가 붕어빵을 산다. 한 봉지에 1,000원을 내면 집사람 하나, 나 하나, 그리고 작은놈에게 '야, 너 주려고 사놨어.' 하는 생색용까지 세 마리를 준다.

붕어빵 아저씨의 허름한 리어카 앞에 선 줄이 줄어들 기미가 안 보인다. 호기심이 생겨서 몇 개나 팔리는지 세어보았다. 열심히 장사하는 사람을 실눈 뜨고 관찰하는 것이 좀 미안하기는 했지만 한 20분간 열심히 도로변 포장마차를 엿보았다. 바를 정(正)자를 써가면서 세고 있으니 같이 온 아내도 흥미가 생겼는지 아까 한 줄 안 그었다고 성화다. 집계 결과 正이 총 넷, 스무 봉지다. 20분 만에 스무 봉지면 한 시간이면 총 60봉지, 6만 원이었다. 웬만한 변호사의 시간당 상담료와 비슷했다.

아내도 구미가 당기는지 그 다음 날도 같이 가보자고 했다. 이번에는 차에서 내려 아저씨에게 걸어갔다.

"한 봉지 주세요."

"오늘은 끝났소."

"10시도 안됐는데요?"

"재료가 떨어져 부렀당께요."

"장사 잘되나 봐요. 근데 사장님도 우리 고향 분 같으네요. 나는 강진인데."

“아 그라요? 강진 어딘디?”

우리 전라도 사람들은 전라도의 ‘전’자만 나와도 서로가 마음을 탁 놓아버린다. 형님 아우 되는 데 길어야 10초가 안 걸린다. 그 다음부터는 탄탄대로다. 기회였다.

“그런데 저 구루마는 얼마나 가요? 나도 한번 해보고 싶은데.”

“저거시야 머, 한 백만 원 가지만 중고는 더 싸지라. 그란디 이 일이 쉽지는 안탕께.”

대머리만 까졌지 나이는 나보다 덜 먹은 것 같은 이 친구가 벌써 반말로 나온다. 잘 되어 가고 있다는 신호다.

“뭐가 어려워요?”

“단속이 젤 지랄이제. 구루마 끌고 가불면 쓸라고 한 대 더 쩌그 귀퉁이에다 숨겨 놨쏘안.”

“경찰이요?”

“경찰들이야 우리 단골이제. 여그다 순찰차 턱 대놓고 날마다 사묵제. 한 개 더 줄라케도 절대 안 받어. 다 도망가분당께.”

“단속은 누가 해요, 그럼?”

“구청 ‘가로 경관과’라고 있든디.”

“그럼, 어디 해먹겠어요? 맨날 가져가고 벌금내고. 이거 몇 년 했어요?”

“한 8년째 이 자리서 하고 있제.”

“얼마나 팔려요?”

“아이고 10월부터 동짓달, 정월은 좀 되는디 벌써 2월 댕께 덜 팔린당께.”

“한 500만 원은 벌죠? 내가 차안에서 조사 다 했어요.”

“지금은 그 정도는 되제, 그란디 여름에는 옥수수 파는디 수입이 확 떨어져 불제.”

“옥수수만? 얼마나 파는데요?”

“한 3백만 원은 되것제.”

“원료값 빼고?”

“아 당연이 빼야제.”

“옥수수 말고 냉차도 팔고 그러면 되겠구만.”

“여러 가지 해보긴 했는디 여그 동네 사람들 입이 워나게 가져가꼬 빠다 칠한 것도 안 먹어 분단마시. 재료도 젤 존거 안 쓰먼 금방 아러부러. 밀가리 찹쌀도 젤 존거 써야 대. 2년 전까지는 팥이 달아야 좋아했는디 인자 덜 단 것을 좋아하드만.”

“그래도 할 만 하겠네, 뭐.”

“신간은 편하제. 이제 할 만하시. 여그가 내 자링께.”

“여기 도로가 왜 사장님 자리?”

“오래하먼 내 자리제.”

“그럼 이 자리 나한테 파세요.”

"여그서 8년짼디 그것은 안 돼야."

"안 파시면 바로 옆에서 나도 판 벌립니다."

"허허, 딱 이 자리 아니면 이 옆자리도 안 팔린단 마시. 그라고 이것이 쉬어보이제마는 내 손 좀 봐 이거, 팔목도 못 쓰게 되야 불고, 어깨쭉지도 아퍼서 128만 원인가 주고 엠아라이 찍었당께. 사흘 쉬었어."

긴 설명이 이어졌다. 밀가루 반죽 주전자를 들어서 판에 부어야 하는데 주전자를 드는 것도 하루 종일 하다보면 팔목이 가버린단다. 이 붕어빵 사장이 보여준 오른손 새끼손가락 마지막 마디는 호두알처럼 크게 부어 아예 뼈가 되어 있었다. 주전자를 들어 밀가루 반죽을 빵 틀에 부을 때 흔들리지 않도록 새끼손가락 마지막 마디로 주전자를 지탱해야 하기 때문이란다. 20분 정도의 대화가 나에게는 한 권의 좋은 마케팅 교과서였다. 이런 조그만 사업에도 생산이 있고 유통이 있고 가격이 있고 프로모션이 있다. 대기업과 하나도 다를 것이 없다. 결국 인생이 있다. 길 위에서 장사하는 것은 아마도 위법일 것이다. 그런데 이 붕어빵 사장한테 준법 운운하는 것은 누구든 먹고 살아야 하는 우리 인생에 대한 모독이라는 생각이 들었다. 나는 내 아들놈들한테 이렇게 말했다.

"길거리에서 팔리는 하찮아 보이는 호떡, 떡볶이, 순대, 잉어빵, 옷가지, 악세사리, 모자, 스카프, 가방, 신발 같은 것들이 사실은 오랜 경쟁을 이겨낸 진화의 산물이야. 제일 맛있고 예쁜 것들이 제일 좋은 자리에서 가장 적당한 가격에 팔리고 있는 거라고. 이런 것들을 직접해봐야 시장을 제대로 읽을 수가 있어. 너희들 현대 사회가 지식 사회고 정보화 사회라니까 책이나 읽고, 컴퓨터나 들고 다니고, 스마트 폰으로 트윗이나 하는 걸로 생각하면 착각이야. 진짜 지식, 진짜 정보는 시장에 대한 지식, 다시 말해 사람들이 지금 뭘 원하고 미래에는 뭘 원하게 될지 알아보는 혜안을 말하는 거라고. 그런 진짜 지식과 정보가 바로 저런 길가 포장마차에서 나오는 거야. 너희들도 사업을 하려면 적어도 그 정도의 내공은 쌓아야 해. 큰돈 들여 덥석 창업하는 것은 섶을 지고 불에 뛰어드는 것과 같은 거야. 거리에서 추위에 떨어도 보고, 손님들한테서 못 들을 소리도 들어보고, 단속원한테 쫓겨도 보고, 경찰서 유치장에서 하룻밤을 세워 보고 해야 진짜 사업가가 되는 거야. 창업할 생각이 정말 있다면 우선 이런 장사부터 시작해봐. 그 정도 결심만 할 수 있다면 시시하게 취직할 필요 없다. 그렇게 시작한다면 너희들 창업하는 거 대 찬성이야. 하려면 제대로 시작해야지 안 그러면 아빠까지 거지된다."

무지에서
깨어나기 위해서

한 번밖에 살지 못하는 인생이다. 죽고 나면 그것으로 끝이다. 너무 오랫동안 일해서 이제 좀 쉬고 싶다면 꼭 일을 하고 살아야겠다는 강박관념을 버려도 좋다. 독서하고 여행하며 노는 것이 그냥 좋아 날마다 유유자적하고 싶다면, 그것 또한 노자의 삶을 따르는 것이 아닌가. 이번 생에서 세상 모두를 다 돌아보고 경험해볼 요량으로 나서보자. 수박의 겉이 아닌 벌건 속살을 음미해보자.

철도청에 있을 때의 일이다. 파리에서 고속철도 시찰을 마친 마지막 날이었다. 기념으로 서로 선물을 교환하기로 했다. 우리는 하회탈을 선물했다. 하회탈이 무엇인지에 대한 간단한 설명과 함께 꽤 비싸다는 사실도 살짝 덧붙였다. 그런데 저쪽에서 주는 선물은 뜻밖에 인상파 화가들의 화집이었다.

　　읽을 수도 없는 이따위를 선물이라고 주냐고 내가 불평하자 해명은 이랬다. 프랑스 사람들은 무엇이든 창의적인 일을 하는 사람을 존경하는데 인상파 화가들이 바로 그런 사람들이기 때문에 화집을 선물로 선택했다는 것이다. 머릿속에 어릴 적에 배웠던 인상파 화가들이 스쳐갔다. 시시각각 변화하는 빛을 통해 자연을 묘사한 그 사람들이 아닌가. 아하! 이런 문화가 프랑스를 자신들의 진짜 실력보다 훨씬 많은 존경과 부러움을 받는 나라로 만들었구나. 센 강에 서서 에펠탑을 보고 '뭐 이래, 별것도 아니잖아.' 하고 실망했던 생각도 바뀌었다. 에펠탑 꼭대기 자기 아파트에서 축음기를 들고 방문한 에디슨을 맞는 에펠. '그래, 이런 문화가 그런 재미있는 상상을 현실로 만들었구나.' 에펠탑 꼭대기의 에펠과 에디슨의 밀납 인형을 다시 보고 싶었다.

　　정말 드문 일이지만 뜻하지 않은 곳에서 좋은 책을 만나 깨달음을 얻었을 때의 기쁨이 바로 공자님이 말씀하신 '학이(學而)'와 '불역열호(不亦說乎)'일 것이다. 가수 조영남이 쓴 책 『예수의 샅바를 잡다』의 제14장 '진짜 자유인·가짜 자유인'이 바로 그랬다. 여기에서 조영남은 요한복음 8장 '누구든지 나를 따르면 나의 제자가 될 수 있고 나의 제자가 되면 진리가 무엇인지 알게 됩니다. 그 진리가 당신을 자유롭게 해줄 것입니다'를 인용하고 있다. 조영남은 자기가 모태신앙이며 플로리다의 트리니티 신학 대학에 다니고 있었으니 이미 예수를 알고 따르고는 있었지만 진리가 무엇인지는 모르고 있었다고 고백한다. 신학교 동기들의 눈물어린 기도와 끊임없는 자신의 기도로도 알 수가 없었다. 그런데 졸업 논문을 쓰려고 예수의 삶을 추적하다가 예수가 죽음을 눈앞에 두었을 때 제자들의 발을 씻어주면서 '사랑하라!'라고 말한 구절이 갑자기 새롭게 다가왔다. 이것이 진리라는 것을 퍼뜩 깨달았다.

그때 이후 자유를 찾기 위해 진리를 몸소 실천하리라 마음을 먹었는데 다른 사람을 '내 몸처럼' 사랑하는 일은 보통 사람인 자기에게는 너무 어려운 숙제였다고 한다. 옆 사람이 죽는 것보다 자기 손톱 아래 박힌 가시가 훨씬 아픈 게 인간이지 않은가. 그는 자기 혼자 잘 된 줄 알고 우쭐하여 주위의 가난한 자, 못 배운 자, 자기보다 노래 못 부르는 자를 깔보는 자신을 반성하며 하나님께 무릎을 꿇고 용서를 청했단다. 그런 그에게 하나님께서 '겸손하라!'는 비교적 가벼운 형벌을 주셨단다. 그래서 그는 이제껏 겸손하지 못한 죄목의 형살이 중이라고 했다. 다른 이를 자기 몸처럼 사랑하는 것이 불가능하다는 걸 인정하고 그냥 겸손한 수준으로만 살겠다고, 그래서 불완전한 가짜 자유인으로 만족하겠다고 겸손하게 말하고 있었다.

이 짧은 글을 읽고 나는 무지에서 깨어났다. 드디어 진리가 무엇인지 사랑이 무엇인지 자유가 무엇인지를 알게 되었다. 더 많은 자유가 나에게 왔다.

　1803년, 제퍼슨 대통령은 나폴레옹으로부터 1,500만 달러를 내고 루이지애나 테리토리 전체를 매입했다. 지금의 미국 중부 대평원이 바로 그곳이다. 그곳은 옥수수의 바다였다. 2008년, 가족들을 이끌고 미국을 횡단하고 있었다. 큰 옥수수 지하 저장고와 작은 슈퍼가 함께 있는 주유소에 들렀다. 팔꿈치 아래 부분이 없는 한 할아버지가 어슬렁거리고 있었다. 나는 결국 궁금한 것을 참지 못하고 그의 팔을 만지면서 “홧 해펀드?”하고 물었다. 이 양반, 대답을 잠시 머뭇거리더니 “비에트남”이란다. 베트남 전쟁에서 팔을 잃은 것이다. 이 중북부의 옥수수 밭에도 35년 전에 끝난 베트남 전쟁의 상흔이 남아 있었다. 평소에 이 허허벌판에서 말 상대도 없이 지냈던지 대화가 길어졌다. 집사람과 아이들은 쓸데없는 소리하지 말고 빨리 가자고 성화였지만 나는 이 벌판의 생활이 궁금해 들은 체도 안하고 긴 시간 이야기를 계속했다. 사람들이 모두 캘리포니아나 동부로 빠져나가고 이젠 자신이 젊었을 때 인구의 3분의 1도 살지 않는다고 했다. 그의 말을 듣고 가난한 미시시피 주 어느 농장에서 트랙터를 모는 농부가 되고 싶다는 내 꿈도 접었다. 사람은 돈이 모이는 도시로 모일 수밖에 없다. 미국도 농업 생산력이 급격히 떨어져 농민의 가난이 큰 문제란다. 농토도 좁고 축산용 사료를 생산하는 데도 큰 돈이 들 수밖에 없는 우리나라 농업의 미래가 고민 되기 시작할 즈음 아이들과 아내의 빨리 가자는 성화에 못 이겨 이 베트남 참전 미국 용사와의 만남은 끝났다. 아쉬운 작별을 하고 돌아섰다.

집사람과 아이들은 중부 대평원의 밋밋한 경치에 계속 불만이었다. 그런데 우리가 이것 정도는 알아야 한다. 미국의 서부 개척사는 사실 우리에게도 중요한 역사다. 지금 우리 모두가 너무나 당연하게 여기는 헌법, 대통령제, 상하 양원제, 직접 · 평등 · 보통 · 비밀 선거 등 민주주의 제도의 대부분이 미국에서 발명되었기 때문이다. 미국 동부가 이 제도를 만든 두뇌라면 중북부의 넓은 땅은 고기와 곡물 생산으로 미국을 키워낸 몸뚱이다. 그런데 이런 유식한 소리는 듣는 둥 마는 둥 나의 식솔들은 먹는 타령에 경치 불평이다. '그래, 한 집에 나 같은 유식한 사람은 혼자면 되지 모두들 유식 떨면 피곤할 거야.' 하는 생각을 하며 서북 방향으로 계속 차를 몰았다.

생각보다 미국은 역사를 기록하고 보전하는 데 약했다. 어떤 기념관에 가든 '용감히 싸웠다.' '인디언을 백인과 똑같이 사랑했다.' 정도의 설명이 다였다. 인디언들이 자신들만의 숲을 강탈하려는 백인들을 환영했을 리 없지만 미국 대통령을 추장 중의 대 추장이라고 표현한 데에서는 웃음이 나왔다. 나는 이런 진부한 이야기들 속에서 눈이 번쩍 띄는 이야기도 한 가지 발견했다.

미군이 어떤 인디언 마을을 공격 목표로 설정하면 일단 가까운 숲 속에서 숨을 죽이고 며칠 동안 그 마을을 관찰한다. 사나흘만 관찰해도 그 마을의 인적 구성과 생활 패턴을 대강 알게 된다. 이 시점에 우물에 물 길러 나온 젊은 여성을 쥐도 새도 모르게 납치한다. 그리고 숲 속에서 며칠간 이 여성과 함께 생활한다. 물론 잠자리도 같이한다. 그러고 나면 이 여성은 낯선 백인 남자들에게 자기 마을의 모든 것을 불어버린다. 누가 힘이 센지, 언제 방비가 느슨해지는지, 심지어 자기 남편이 날이면 날마다 술에 찌들어 싸움질만 한다는 것까지 낱낱이 말해준다. 마을의 내막을 유리알처럼 훤히 꿰뚫은 미군은 방비가 허술한 이른 새벽을 틈타 마을을 급습한다. 상황은 싱겁게 미군의 승리로 끝난다. 백인 침략자들에게 협력했던 인디언 여성에게 미군들은 어떻게 보답했을까. 그 여인은 그 후 어떤 인생을 살았을까. 생각에 생각이 꼬리를 물었다.

세상을 다 배우고 다 느끼는 데에 언어를 장벽으로 생각하는 사람들이 있다. 하지만 걱정할 것 없다. 그냥 몇 마디만 배우면 다 통한다. 오히려 좀 배운 사람들이 이것저것 생각한답시고 더 대화를 못한다. 캘리포니아 북쪽을 자동차로 여행할 때였다. 5번 고속도로로 들어가는 입구를 찾으려고 한참 헤매고 있었다. 쌩쌩 달리는 옆 차 운전자에게 뭐라고 물어야 하나 걱정하고 있는데 영어라고는 하나도 모르는 아내가 자동차 창문을 내리더니 옆 차에 속도를 줄이라며 손바닥을 아래로 까닥인다. 곧 옆 차가 속도를 줄이고 자기도 창문을 내리며 뭐 물어볼게 있느냐는 표정으로 우리를 본다. 아내가 큰 소리로 "아이 파이브, 플리이스!" 한다. 옆 차의 점잖아 보이는 사내는 "턴 라이트 앤 턴 레프트. 투 마일스 프럼 히어." 하더니 속도를 높여 앞질러 가버린다. 그 사람의 말대로 2마일쯤 가다 오른쪽으로 돈 다음 왼쪽으로 도니 바로 5번 고속도로가 나왔다. 뜻만 있으면 세상 어느 곳에서도 다 통한다. 보디랭귀지와 의성어는 더 효과적이다.

역시 미국에서 있었던 일이다. 밤 늦게 운전을 하던 중이었는데 갑자기 속이 좋지 않았다. 심했다. 큰일 났구나 싶어 세븐일레븐 안으로 들어갔다. 설사라는 영어 단어가 뭐지? 그런 단어가 있기는 있나? 하지만 궁하니 통했다. 엉덩이 쪽에 두 손을 갔다 대고 아래로 내려가는 동작을 해보이며 '쫙 쫙'이라고 했을 뿐인데 "오우, 다이어리어" 한다. 급하면 다 통한다. 아니, 더 잘 통한다.

4장

온 세상 온 사람 다 만나보자

불변하는 삶의 진실

고려 때는 왕에게 충성하고 부처님께 불공을 드리는 것이 시대정신이었다면 조선시대에는 이성계의 자손인 전주 이 씨들에게 충성하고 명나라와 청나라를 하늘로 떠받드는 것이 시대정신이었다. 어떻게든 중국을 베껴서 나라를 소중화로 만들고 사농공상 중 '사', 즉 선비로 사는 것이 이념이고 철학이었다.

일제강점기 때도 크게 다르지 않았다. 사람에 따라 일제에 적극 협력하느냐, 덜 하느냐, 아니면 소수의 저항세력이 되느냐의 선택은 있을 수 있었겠지만 절대 다수는 일제 통치에 소극적으로나마 따르지 않았겠는가. 전국 방방곡곡에 수천 개의 소학교가 생기고 칼을 찬 '센세이'들이 어린 학생들에게 일본말로 '화혼'을 불어넣지 않았는가. 좀 똘똘하면 면서기 되고 사범학교 가서 선생 되고, 지주 아들들은 현해탄 건너 일본의 대학에 가고 그중 머리가 좋으면 '고문'에 '패스'해서 본격적인 식민지의 앞잡이로 나서지 않았겠는가. 어느 누가 우리나라가 독립할 것이라고 생각했겠는가. 민족을 부르짖던 나라의 지성, 최남선도 이광수도 친일로 돌아서는 형편인데 달리 말해 무엇하겠는가. 수많은 명망가들이 한반도 전역을 돌며 나라의 아들딸들을 인도차이나로, 남태평양으로 보내 귀축 영미와 싸우게 했고 성노예로 죽게 했는데 더 말한들 무슨 소용이겠는가.

해방되고 남쪽에는 어제까지 귀신이고 짐승이던 미군이 일본 대신 큰 형님이 되어 들어왔다. 모두들 미국식으로 민주주의, 자본주의를 주장했다. 기독교가 든든한 미국 '빽'을 업고 퍼져나갔다. 이승만도 오스트리아 와이프를 데리고 들어왔다. 시계를 좋아해서 양쪽 팔에 시계를 서른 개나 주렁주렁 차고 다녔다는 소련군은 북으로 들어왔다. 세상이 모두 소련의 공산주의와 '종교는 아편이다'를 믿었다. 어제까지 한가족이었던 한반도는 좌우익으로 갈려버렸다. 6·25가 났다. 어제까지 '어르신 진지 드셨습니까?' 하고 공손하게 절하던 동네 일꾼들이 지주들을 잡아다가 새끼로 손을 묶고 쇠스랑을 내리꽂았다. 일제 때 일본 놈들의 채찍질을 받으며 자기 손으로 팠던 방공호에 자기 손으로 죽인 동네 어른들을 던져 넣었다. 두 달 간의 인민공화국이 풀리자 이젠 우익이 좌익들을 동네 동각 앞에서 몽둥이로 때려 죽였다. 땅을 파서 산 채로 묻어버리기기까지 했다. 해방부터 6·25, 인공치하, 다시 수복을 거치는 동안 우리 고향 면에서만도 수백 명이 이렇게 죽었다. 인구 3천 명 중 수백 명이? 어른들은 말했다. 사실은 더했다고. 다들 쉬쉬했다. 도대체 인간이라는 존재를 어떻게 이해해야 하는가. 조국은 무엇이며 이념은 무엇인가. 종교는 또 무엇인다. 형제 간에도 마찬가지였단다. 우리 둘째 종조부는 당시 강진경찰서의 간부였고 제일 똑똑했다는 아버지와 동갑의 막내 종조부는 입산해서 '산 사람'이 되었다. 그 유명한 '유치 빨치산'이 된 것이다. 우리 집안이 살아남고 집이 불타버리지 않은 것은 전적으로 이 종조부 형제간의 상쟁 덕이다. 수복 후 경찰이던 큰 외삼촌은 지리산에 공비를 토벌하러 갔다. 이때 엄청나게 많은 공비를 토벌했다는 것이 외삼촌의 큰 자랑이었다. 하지만 이도 빨치산과 내통하다 목숨을 잃은 둘째 외삼촌과 그로 인해 둘째 숙모가 정신병을 앓기 시작한 이후로 쏙 들어가버렸다. 이런 나의 피가 회색이 아니면 무슨 색일 수 있겠는가.

내가 만약 전라도가 아니라 함경도의 어느 시골 마을에서 태어나 김일성 대학을 나오고 함경도 어디 면장이라도 되었다면 '김정일'의 죽음에 땅을 치고 하늘을 원망하며 눈물을 흘렸을 것이다. 그리고 김정은에게 다시 충성을 맹세하며 3대에 이르는 김 씨들의 은혜에 감복하며 살고 있을 것이다. 이렇다. 시대마다, 지역마다, 사람

마다 이념도 국가도 종교도 다르다. 또 언제나 변한다. 삶의 진실이
될 수 없다.

그렇다면 진짜 우리 삶의 진실은 무엇인가. 아시아, 유럽, 아프리카,
아메리카 지구 어느 곳에서도, 기독교인도, 불교도도, 무슬림도, 흑
인도, 황인도, 백인도 가릴 것 없이 동서고금을 다 보아도 인간인 이
상 누구나 태어나서 먹고, 입고, 자고, 사랑한다. 자손을 낳아 기르
고, 늙은 부모를 위해 따뜻한 잠자리와 음식을 마련한다. 무한한 호
기심으로 탐구를 멈추지 않는다. 이것이 인류가 지구상에 출현한 이
래 쭉 그래왔고 앞으로도 변함없이 계속될 인간의 모습이다. 그렇
다. 절대 바뀌지 않는 우리 삶의 영원한 진실은 입고, 먹고, 자고, 사
랑하고, 탐구하는 것이다.

오늘날,
사람은 무엇으로 사는가

금욕주의 스토아학파의 거두 세네카는 '최대의 재산은 욕심을 버리는 것'이라고 했지만 자신은 황제보다 많은 재산을 모았다. 톨스토이는 쾌락을 부정했지만 정작 자신은 명문 백작의 지위를 이용해 여러 여성 농노들과 놀아났다. 그런 톨스토이가 이렇게 물었다. 사람은 무엇으로 사는가?

『당신 참 좋아 보이네요』를 쓴 80대 노학자 루이스 월퍼트 교수가 노인 남성들에게 '만약 과거로 돌아갈 수 있다면 인생에서 바꾸고 싶은 일은 무엇인가?'라고 물었다. 가장 많이 나온 대답은 '섹스를 더 많이 할 걸.' '저축을 더 많이 할 걸.' '다른 여자와 결혼할 걸.' 이 세 가지였다.

가수 남진은 이런 인터뷰를 한 적이 있다.

"인기 좋을 땐 여성들이 몸을 던졌다는데 그게 사실인가? 여자들이 3층 여관 벽을 타고 기어올라 왔다던데."

"사실이지."

"어떻게 했나?"

"그때마다 해주었다."

"후회는 없나?"

"그때 좀 더 많이 할 걸."

남진이 단순히 노래나 부르는 딴따라 가수가 아니었다는 사실을 알 수 있는 일화다. 말을 이 정도로 맛깔나게 할 수 있다면 이 사람은 대물이다. 아무렴 무슨 특전사 출신도 아닐 텐데 어떻게 여자들이 3층 여관 벽을 타고 남의 여관방에 들어갈 수가 있으며 인기 절정의 미남 가수가 뭐가 궁해 그때마다 해주었겠는가. 그런 루머를 만든 사람들도, 그런 루머를 유머로 거침없이 받아넘길 줄 아는 남진도 참으로 유쾌하다. 이런 사람들이 있어 세상 살맛이 난다.

우리도 월퍼트 교수의 질문에 답한 노인들처럼, 남진의 루머를 만든 어느 이름 없는 코미디언처럼, 그리고 가수 남진처럼 위선을 다 털어내야 한다. 심장까지도 시원하게 열어버리자. 그러고 나서 '도대체 나는 무엇으로 사는가?'라는 화두에 몰두해보자. 10년을 벽만 보며 가부좌 틀고 앉아 있다고 해서 될 일이 아니다. 머리를 비우고 가슴을 열면 깨우침이 온다. 작든 크든 구체적이든 추상적이든 우리가 원하는 모든 것들의 뿌리에는 반드시 의식주, 건강, 사랑, 가족 그리고 호기심이 자리하고 있다. '충효 백행지본(忠孝 百行之本)'의 '충'과 '효'도 뿌리를 들여다보면 이 다섯 가지와 연결되어 있다. 성당이나 교회나 절에서 사람들이 무릎을 꿇고 드리는 절실한 기도도 그 뿌리를 들여다보면 이 다섯 가지에 대한 염원을 넘어서지 못한다. 세상의 온갖 명예도, 이념도, 상도, 형벌도, 문학도, 예술도, 철학도, 종교도, 독도 문제도 센카쿠열도 문제도 마찬가지다. 그렇다면 이것들이야말로 우리 인간이 추구하는 궁극적인 가치가 아닐까.

세상에는 무수히 많은 삶의 가치가 있다. 그리고 다양한 삶의 가치를 실현하는 근본은 궁극적으로 물질이다. 지금 우리 세대가 살고 있는 자본주의 사회에서는 그것이 돈이라는 이름으로 나타난다. 너무도 당연한 사실이다. 극한으로 상황을 몰아보면 예술도 문학도 종교도 국가도 사랑까지도 다 없어도 인간은 살 수 있다. 그렇지만 의식주가 받쳐주지 않으면 보름을 넘기기 힘들다. 인간의 역사는 더 좋은 집에서 더 맛있는 음식을 먹으며 더 좋은 옷을 입고 살려는 투쟁 그 자체다. 60년대에 태어난 한국사람의 얼굴을 보면 만인의 만인에 대한 '전투 모드'가 얼굴에 서려 있다. 하지만 요즘 아이들의 얼굴은 평화롭다. 독기를 찾아볼 수가 없다. 다들 잘 먹고 잘 입고 잘 자니 타인을 경계하거나 질투할 필요도 없어진 것이다.

　배우자의 선택 기준도 바뀌고 있다. 불황이 계속되니 모두가 위기의식을 느끼는 것이다. 소중한 가족을 이루는 결혼률이 소득에 정비례하는 사회다. 결혼을 한다 해도 교육과 육아 비용 때문에 자녀조차 마음 놓고 여럿을 가지지 못한다. 형제나 자매가 없는 외아들, 외동딸도 늘어만 간다. 결국 물질적인 환경이 구축되지 않으면 배우자나 가족을 통해 더 큰 사랑을 나눌 기회조차 박탈당한다.

　인류 문명의 발전은 호기심으로 이루어졌다. 이 호기심 충족을 위한 모든 과학과 기술과 문학 역사 철학도 돈이 있어야 발전한다. 음악도 미술도 위대한 예술 작품들이 부유한 후원자의 후원으로 만들어진 것만 봐도 안다. 인간이 추구하는 모든 가치를 실현하는 데 돈이 필요하다. 결국 인간은 돈으로 산다. 무언가 가슴을 두근거리게 하는 일이 당신 앞에 있다면 앞뒤 가리지 않고 뛰어드는 게 옳다. 하지만 동시에 그 저변에 놓인 현실적인 문제를 외면해선 안 된다. 그래야 정말 단단하게 자신의 인생과 꿈을 구축할 수 있다.

산다는 것은
무언가를 하고 있다는 것

퇴직자 중 제일 팔자 좋은 '퇴직 상팔자'가 있다. 예전 직장을 상대로 로비스트가 되어 후배들을 찾아다니며 적당히 좋은 말하고, 골프 치고, 밥값 내고 자기가 다니는 회사 좀 잘 봐달라는 부탁을 하는 조건으로 돈 받고 사는 길이다. 그렇게 번 돈으로 옛 동료들과 일주일에 한두 번 정도 골프치고, 회수권 한 20장씩 사서 사우나 하고 간혹은 마사지도 좀 받으면서 조용기 목사 뺨치게 반질반질한 얼굴로 최상의 컨디션을 유지할 수 있다. 가끔은 관광버스를 타고 경주로, 속리산으로, 진해 벚꽃 놀이터로 삼삼오오 모여 다니며 삼천리 금수 강산의 산천 경개를 즐기기도 한다.

이 정도가 대한민국 상위 1퍼센트로 제일 복 받은 '퇴직 상팔자'들의 살아가는 법이다. 수입도 그렇고 명함도 번듯하니 체면도 살고 몸도 편하다. 후배들이 '저 선배도 별 수 없구만.' 혹은 '현직 때 그 회사를 감싸고돌더니 역시로군.' 하며 흉을 보긴 할 거다. 그러나 이 철없는 후배들이 밥 먹여 주는 것도 아니니 신경 쓸 필요 전혀 없다. 할 수만 있다면 당연히 상팔자 기간을 최대한 길게 늘려야 한다. 그러나 이들 상팔자들도 언제까지나 상팔자는 아니다. 머지않아 후배에게 상팔자 자리를 양보하고 더 작은 회사의 로비스트로 다시 시작해야 한다. 작은 회사 사장, 회장에게도 '네! 네!' 하고 굽실거려야 한다. 안 그러면 거기서 또 금방 잘린다. 그때마다 받아야 할 마음속의 상처는 창피해서 굳이 말하지 않겠다. 이렇게라도 10년을 버티려면 임원 임기 2년에 한 번씩 새 직장을 얻어야 한다. 그 지겨운 구조조정을, 퇴직을, 죽을 것 같은 창피를 다섯 번이나 겪어야 한다. 그러고 나서도 또 20년이 남아 있다.

이보다는 좀 못하지만 아침 10시쯤 부동산 하는 친구 사무실에 출근해서 장기 훈수, 바둑 훈수로 오전 한 나절을 보낸다. 오후에는 운동 삼아 한강변이나 과천 대공원에 가서 한량없이 걷다가 벤치에서 햇볕 쬐며 집에서 챙겨온 김밥 먹고 돌아오는 생활이다. 이 정도도 '중팔자'는 된다. 상위 20퍼센트 정도다. 상위 1퍼센트 상팔자들의 삶이건 20퍼센트의 중팔자의 삶이건 여기에는 공통점이 있다. 꿈도 없이, 성취할 목표도 없이 그래서 경쟁도 없이 그냥 살아간다는 것이다. '어어, 세월 빠르네.' 하면서 시간을 바람에 날려 보내는 삶이다.

10여 년 전에 우연히 인터넷을 하다가 「어느 노인의 후회」라는 글을 읽게 되었다. 팔팔할 때는 별 감흥이 없었는데 이제 보니 가슴이 뻐근해진다.

　'나는 65세에 직장에서 정년퇴직했습니다. 30년 전이지요. 내가 65세까지 끄떡없이 버티며 정해진 정년에 명예롭게 퇴직할 수 있었던 것은 직장에서 내가 절대적으로 필요한 존재였기 때문이었습니다. 내가 정년이 되자 직장에서는 내게 좀 더 기회를 주려 했지만 나는 사양했어요. 65세의 나이가 되고 보니 나도 직장을 그만두고 연금을 받으며 안락한 여생을 즐기다가 남은 인생을 마감하고픈 생각이 들었기 때문이었습니다. 나는 평생 후회 없는 삶을 살았기에 언제 죽어도 여한이 없다는 생각을 했습니다. 그런 내가 30년 후인 95세 생일 때 자식들에게서 생일 케이크를 받는 순간 얼마나 내 인생에 대해 통한의 눈물을 흘렸는지 모릅니다. 퇴직 이후 30년은 부끄럽고 후회되고 비통한 삶이었습니다. 죽기를 기다리는 삶이었던 것입니다. 그리고 덧없고 희망 없는 삶을 무려 30년이나 살았던 것입니다. 그때 나 스스로가 다른 무엇을 시작하기엔 너무 늦었다고, 늙었다고 생각했던 것이 큰 잘못이었습니다. 나는 지금 95살이지만 건강하고 정신이 또렷합니다. 혹시 앞으로 10년이나 20년을 더 살지도 모릅니다. 그래서 지금부터 내가 하고 싶었던 어학공부를 다시 시작한 것입니다. 왜냐하면 내가 혹시 10년 후에라도 95세 때 공부를 시작하지 않은 것을 후회하지 않기 위해서입니다.'

인류 역사상 처음으로 60년 가까이 살고도 30년의 새로운 삶을 살 수 있는 행운이 우리에게 주어졌다. 이 30년을 우리 스스로 꿈꾸며 일하며 성취하며 살아가야 한다. 그동안 우리 모두 천둥벌거숭이로 30년을 살아오면서 조그만 성공도 큰 좌절도 맛보았다. 어떤 사람에게는 한바탕의 꿈이었고 어떤 사람에게는 상처뿐인 영광일 것이다. 이제 지천명의 나이에 천명을 알게 되었다. 인생의 지혜를 몸소 체득하고 자기 하고 싶은 일에 몰두하며 보람 있고 값지게 살 수 있게 되었다.

돈도 권력도 명예도 없는 빈털터리라는 것조차도 행운이라면 행운이다. 돈이 많은데 새 삶을 시도할 필요를 느낄 수 있겠는가. 엄청나게 출세했다면 더 이상 무엇을 꿈꾸겠는가. 돈 많고 출세한 1퍼센트는 가진 것을 지키기에도 벅찰 텐데 새로운 꿈이 왜 필요하겠는가. 진정한 행복은 목표를 가지고 이것들을 달성하기 위해서 경쟁하고 이기고 성취할 때 온다. 산다는 것은 일한다는 것이고 일한다는 것은 꿈을 이루기 위해 노력하는 것이다. 검객은 칼싸움하다 칼 맞

아 죽고, 농부는 우리 엄마처럼 과수원에서 농약 뿌리다 죽고, 목수
는 어느 화목한 가정의 식탁을 짜다 죽는다. 여행가는 세상의 길이
란 길을 끝도 없이 걷다가 이름도 없는 마다가스카르의 어느 황톳길
을 만나면 역시 이름도 모르는 어느 나무 밑에서 졸다가 죽어야 진
짜 여행가다. 목숨이 붙어 있는 한 일 할 뿐이다. 산다는 것은 결국
무엇인가를 하고 있다는 것에 다름 아니다.

사람 사는 지금 이곳이
천국이며 극락이다

매일 아침 새벽 5시에 아내와 함께 산책을 나선다. 탄천을 따라 3~4킬로미터를 걷고 나면 땀이 비 오듯 흐른다. 팔굽혀펴기 20회와 간단한 체조로 아침 산책을 마무리하고 숨을 고르며 아침이라 한산한 백화점 옆 골목을 따라 천천히 집으로 돌아온다. 돌아오는 길에 골목 후미진 곳 '24시 김밥'집에 들러 라면 한 냄비에 김밥 두 줄을 시킨다. 라면은 2,500원, 김밥은 한 줄에 1,500원, 합이 5,500원을 낸다.

김밥을 먹으면서 내가 이 식사에 얼마까지 지불할 수 있을까를 생각해보았다. 대충 한 9,000원까지라면 집에 가서 귀찮게 밥 차리느니 그냥 이 김밥과 라면으로 때우겠다. 만 원이라면 글쎄…… 그냥 집에 가서 먹지 않을까? 좀 비싼 것 같다. 그렇다면 우리에게 김밥 두 줄과 라면 한 그릇의 가치는 대강 9,000원정도 되는 셈이다. 김밥 집 아주머니 덕에 우리는 9,000원의 값어치가 있는 라면 한 냄비와 김밥 두 줄을 5,500원에 먹는 것이다. 그렇다면 돈 벌려고 새벽잠을 설쳤을 저 김밥 사장님은 나에게 3,500원만큼의 좋은 일을 한 것이 된다. 손님을 옆 가게에 뺏기지 않으려고 더 좋은 재료로 김밥을 말고, 더 맛있게 라면을 끓이고, 더 싸게 팔려고 재료값, 전기세, 상하수도 요금, 가스 요금, 세금을 줄이고 줄였을 것이다. 전 재산을 털어 혹 망할지도 모르는 가게를 차릴 때는 죽을 각오를 했겠지. 김밥집 사장의 돈을 벌고자 하는 욕망이 나에게는 3,500원의 좋은 일로 나타난 셈이다.

이 세상의 원리가 이렇다. 누구랄 것도 없다. 회사원이건, 공무

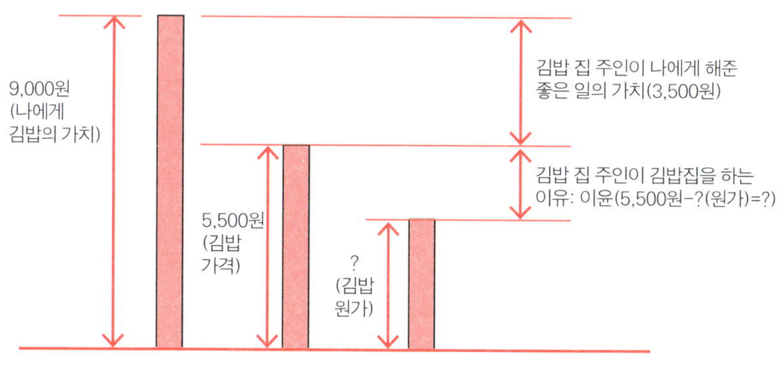

가치, 가격, 원가

원이건, 자영업자건, 중소기업을 하건, 대기업을 하건, 의사건, 변호사건, 소장수건, 빵장수건 세상 모든 사람이 돈을 벌려고 새벽부터 늦은 밤까지 이렇게 분주하다. 이 모든 아귀다툼과 치열한 경쟁이 모두 남에게는 좋은 일이 된다. 자신에게 이롭고 타인도 이롭게 한다. 돈을 버는 것과 남에게 좋은 일을 하는 것은 동전의 양면이다.

그러므로 남에게 좋은 일을 더 많이 할수록 더 많은 돈을 벌 수 있고 그래서 돈을 많이 번 사람일수록 남에게 좋은 일을 많이 한 사람이 된다. 세상 모두가 남을 위해 평생을 뛰는 곳이 지금 우리가 사는 세상이라고 생각하면 우리가 사는 이곳이 천국이자 극락이 아닐까. 사전에서 '천국'을 찾아보았다.

'1. 하느님이나 신불이 있다는 이상세계 2. 어떤 제약도 받지 아니하는 자유롭고 편안한 곳, 또는 그런 상황 3. 이 세상에서 예수를 믿는 사람이 죽으면 갈 수 있다는 영혼이 축복받는 나라, 하나님이 지배하는 나라라고 본다.' 사전에서 '극락'도 찾아보았다. '더 없이 안락해서 아무 걱정이 없는 경우와 처지, 또는 그런 장소.'

꽃 피고 새 우는 맑은 시냇가를 부부가 조용히 손잡고 산책하는 것 말고는 아무 할 일도, 아무 걱정도 없는 천국의 그리고 극락의 무료한 삶은 나는 싫다. 차라리 만인의 만인을 향한 투쟁, 그래서 '만인이 만인을 위해 죽어라 일하는' 지금 이곳이 나에겐 진정한 천국이며 극락이다.

열에 아홉은 망하는 게
사업이다

우리에게 은퇴란 없다. 목숨이 붙어 있는 한 일한다는 것이야 당연하지만 회사에서 잘린 아버지들이 밟는 단계는 다들 비슷하다. 퇴직금에 아파트를 담보로 빚을 얻어 개인 사업을 시작하거나 프랜차이즈의 가맹점주가 된다. 임대료에, 인건비에, 관리비에 돈 나갈 곳은 끝이 없는데 매출은 신통치 않다. 빚이 쌓이기 시작한다. 결국 나이 마흔이 넘어 어렵게 마련한 가족들의 보금자리 아파트까지 경매로 날아간다. 한 2년을 견디다가 가게를 접고 재취업의 문을 노크한다. 가는 곳마다 흰 눈으로 아래위를 훑을 뿐이다. 나이 50대 중반은 이제 중늙은이 퇴물 취급을 당한다. 산을 넘고 강을 건너도 변변한 밥벌이 자리는 어디에도 없다. 어쩌다 재취업에 성공한다 해도 보수가 너무할 뿐만 아니라 노는 '물'의 수준이 확 떨어져 굶으면 굶었지 이 짓은 못 하겠다고 생각한다. 결국 조금 견디다가 회사를 나오게 된다. 처음 몇 달은 친구들 공짜 막걸리도 얻어 마셔보지만 그것도 몇 번이지 자존심이 상해 휴대폰부터 꺼버린다. 밖에 나서자니 돈만 들고 창피해서 집에서 칩거를 시작한다. 거친 일이라고는 해본 적도 없는 손 고운 전업주부 아내가 식당에 설거지하러 나가겠다고 해도 말릴 수도 없다. '에라이, 죽어버릴까'라는 생각을 달고 산다.

'스카이' 나왔다는 이유로 IMF의 피바람 속에서도 살아남았던 내 친구들도 나이 50이 넘자 사정은 마찬가지였다. 쌍룡에서 이사까지 하다가 그룹 자체가 휘청하는 바람에 회사를 나와 처남이 하던 천막 공장을 자의 반 타의 반으로 인수해서 운영했던 친구가 있다. 직원은 총 다섯 명, 인건비 주기도 힘겨운 채로 한 3년을 견뎠다. 지 말로는 '경기가 좋지 않아' 접었단다. 소주에 순대국집 술국을 의지해 살아가는 친구는 어느새 백발이 다 되어버렸다. 무슨 일인지 이젠 전화도 제 와이프 전화를 쓴다. 그 전화조차 잘 받지도 않는다.

　　다국적 회사 IBM에 폼 잡고 다니며 친구들한테 술도 팍팍 잘 사던 친구가 회사에서 잘렸다. 생활비가 부족해 압구정의 그 비싼 아파트를 전세로 돌리고 가족과 함께 교외의 17평 연립 전세로 이사하니 전세금 차액이 솔찬했던 모양이다. 그 돈으로 딸 음대 레슨

비까지 대며 7년째 버티고 있다.

포철에서 근무하다 철근 대리점을 얻어 나와 돈 좀 번다는 친구가 있었다. 그런데 중국 건설 경기가 뚝 떨어지자 수백 억 정도 되던 철근 재고 값이 3분의 1로 곤두박질쳤다. 지금까지 벌어놓은 돈까지 다 날리고 어마어마한 빚까지 지게 되었단다. 뭘 잘못했는지 감옥까지 드나들었다. 이 녀석은 고교 시절 내 짝꿍으로 70년대 그 시절에 자가용으로 등교하고 소시지에 명란 반찬을 싸오던 놈이다.

우리나라에서 수주액 1등이던 건설회사가 팔리자 새로 들어온 점령군 놈들이 눈꼴사납다고 사표부터 던져버리고 2억을 들여 신촌 부근에 100평이 넘는 일본 라면집을 차린 성깔 있는 친구도 있다. 예상보다 손님이 적어서 열 달 만에 빈손이 되었다. 재기하겠다며 여기저기 발품을 팔고 있지만 이젠 수중에 돈이 없으니 땅이 꺼져라 한숨만 는다.

은행에서 큰일하던 친구도 있다. 신문에도 대서특필된 진짜 큰일을 내고 검찰과 국립대학 형무소를 드나들더니 지금은 미국에 있다. LA에서 티셔츠 다섯 장을 10달러에 파는 처갓집 가게 '파이브 포 텐'에서 장모님 옷 정리를 돕고 있노라고 한다. 정말 이런 사례는 밤새도록 읊어도 시간이 모자랄 만큼 많지만 귀납법을 한번 시도하기에는 이 정도로도 충분한 것 같다. 이상의 시 「오감도」 중 '제1호, 13인의 아해'를 모방하여 '베이비부머 5인의 친구'라고 해보자.

베이비부머, 5인의 친구

제1의 친구가 사업하다 망했다

제2의 친구도 사업하다 망했다

제3의 친구도 사업하다 망했다

제4의 친구도 사업하다 망했다

제5의 친구도 사업하다 망했다

길게 말할 것도 없다. 퇴직금을 들고 뭔가 해보려고 이곳저곳 기웃거리는 중년을 타깃으로 수많은 수익모델이 생기고 있다. '이 얼빵한 친구들이 돈 좀 들고 나오는데 어디 한번 땡겨 봐?' 이런 식이다. '퇴직금 2억 넣으면 한 달에 7백을 보장한다.' 혹은 '사장으로 모셔서 기사주고 비서준다.' 이렇게 유혹한다. 누가 이런 얄팍한 수에 속을까 생각되지만 속는다. 많이 속는다. 사기인 줄 뻔히 알면서도, 주위 모든 사람이 그건 아니라고 손사래를 쳐도 소용이 없다. 평소 똑똑한 척하는 사람이 자신의 영리함을 믿다가 더 쉽게 당한다.

우리 매형은 차 주고 비서 준다니 누나가 소리 지르며 말렸던 바지사장 한 2년 해먹으려다가 지금까지 세무서에서 세금 독촉을 당하고 있다. 의료보험 공단에서도 무언가가 날아온다. 오너는 아무 책임도 없으니 바지사장한테 망한 회사의 세금을 내라고, 밀린 직원들 의료 보험료를 책임지라고 집까지 압류 당했다. 5년도 넘었는데 아직도 완전히 해결되지 않았다. 착하기만 한 매형 대신 누나가 법무사 사무실 뛰어다니느라 그렇지 않아도 45킬로그램이 안 되는 몸무게가 더 빠져버린 걸 보면 한숨이 절로 나온다.

더 치명적인 것도 있다. 당장의 생계를 위해 무엇인가를 해야 하는 베이비부머들에게 사업이 깨끗하고, 일은 적고, 수입은 많다는 그 흔한 프랜차이즈 가맹점주는 떨치기 힘든 유혹이다.

신문, 방송에 나오니 믿을 만한 것 같지만 주의하고 또 주의해야 한다. 사업설명회, 박람회, 신문광고, 전화 등 광고가 쏟아지는 동화 같은 프랜차이즈 중에는 엉터리가 대부분이다. 하루 몇 시간만 일하고 월수입으로 몇 백만 원이 나온다면 제 마누라, 제 아들딸, 제 친척을 먼저 시키지 왜 돈을 들여 광고를 하겠는가. 물론 매력적인 프랜차이즈도 있다. 이런 프랜차이즈는 장사를 해본 적이 없는 샐러리맨이나 전업주부들이 쉽게 사업에 도전할 수 있도록 여러 가지 편의를 제공한다. 그래서 많은 중년들이 좋은 자리에 멋진 프랜차이즈 가게를 하나 내고 싶어 한다. 일은 아르바이트 학생들 시키고 자기는 점심시간 다 되어 외제차 타고 나타나 쓱 둘러보고 저녁에 문 닫을 때쯤에 하루 매상만 챙겨가는 사장을 꿈꾼다. 사실 우리들 모두의 꿈이기도 하다. 꿈을 이룬 사람들도 심심찮게 있다.

결론부터 말하면 인간 세상에서 이런 꿈이 쉽게 실현될 리가 있는가. 가맹점을 내려면 돈 없는 우리 형편에는 천문학적인 돈이 들어간다. 동네 조그만 카페나 빵집도 자리를 잡을 때까지의 운전자금을 포함, 최소 3억은 든다. 도심에서는 2~30억을 투자해야 하는 경우도 많다. 1퍼센트의 상팔자들에게나 가능한 이야기지 우리 99퍼센트의 이야기는 아니다.

설사 돈이 있다고 해도 따져봐야 할 것이 한두 가지가 아니다. 본사에 내야 하는 로열티가 5퍼센트라면 빵 만 원어치를 팔 때마다 500원을 본사에 내야 한다는 소리다. 10퍼센트면 천 원을 내야 한다. 조그만 사업이라도 해본 사람은 이 5퍼센트, 10퍼센트가 얼마나 무서운지를 안다.

계약 기간이 끝나 재계약을 하기 위해서는 인테리어 등 다시 돈이 들어간다. 가맹점주는 항상 '을'의 입장에 설 수 밖에 없다. 잘 나가는 프랜차이즈 본사일수록 '갑'의 입장을 최대한 밀어붙인다. 당신 아니라도 할 사람 널렸으니 싫으면 당장 그만두라고 엄포를 놓는다. 주위에 같은 브랜드의 새로운 가맹점이 들어오기라도 하면 매출에 심각한 타격을 받는다. 우리 집 앞만 해도 전철역에서 500미터 사이에 같은 유명 브랜드 빵집이 셋이다. 하나 더 내려고 지금 인테리어 공사까지 하고 있다. 다른 브랜드 빵집까지 세려면 두 손의 손가락이 모자란다. 법을 바꿔 반경 500미터 이내에는 같은 회사의 새로운 가맹점이 들어오지 못하게 한다지만 비슷한 다른 유명 브랜드 빵집이 들어와버리면 그것도 별 효과가 없다.

가게를 다른 사람에게 넘기려 해도 새 사업자에게 까다로운 조건을 제시하는 본사 때문에 쉽지 않다. 최악의 경우 권리금은커녕 임대한 점포 원상 복구까지 해주고 물러나야 하는 경우도 많다. 만약 본사가 망한다면? 물론 가맹점도 거의 망한다.

그러니 철저한 준비 없이 뭔가 멋져 보이는 사업을 얼른 '남 보라고 창업'하면 큰일 난다. 내 친구 중에서도 열 명이 넘게 프랜차이즈를 오픈했는데 성공한 친구는 딱 한 명이다. 고기 집 프랜차이즈로 성공한 이 친구는 사위까지 끌어들일 만큼 상당히 성공했다. 성공 요인은 딱 하나다. 몇 번을 망해도 다시 살아날 수 있는 여유자금이다. 이것저것 해보느라 아버지한테서 물려받은 십몇 억짜리 건물을 다 말아먹고 그다음에 이룬 '상처뿐인 영광'이다.

그렇다. 처음부터 큰돈을 투자하는 것은 바보짓이다. '수업료 좀 냈지 뭐.' 하는 여유로운 말은 우리들에게 해당되는 말이 아니다. 구구단도 못 외운 인간이 대학교 수학 강의를 듣겠다면 다들 웃을 것이다. 그런데 다들 자기가 사업을 하면 잘 될 거라고 생각한다. 겁도 없이 '남 보라고 창업' 한다.

잠실에서 강동 경찰서 앞까지 택시를 탔다. 얼굴을 보면 알지 않는가. 이 기사님도 분명 어느 회사 한 20년 다니다 잘리고 택시운전에 나섰겠지. 동지의식이 발동했다. "돈 좀 법니까?" 하고 물었더니 상대방도 벌써 나의 수를 알아차리고 꼬리를 내리며 솔직해졌다.

“뭐, 택시 운전이 그렇지요.”

“기다리고 계신 걸 보니 손님이 별로 없는 모양이죠?”

“해보니까 이것도 쉬운 일이 아닙디다.”

“뭐 몸만 건강하면 요즈음은 네비게이션 있겠다, 길 못 찾을 일도 없고 큰 욕심만 안 부리면 세상 구경도 하고 좋겠네요. 얼굴도 잘 생기셨으니 멋진 아줌마 타면 차도 한잔하고 말이죠.”

사람을 만나면 무조건 잘 생겼다고 말하고 약간의 농담으로 마음의 무장을 해제해버리는 내 전법을 이 양반이 눈치 챌 리 있는가. 딱 현대그룹 부장 출신 말투로 언제 경쟁자가 될지 모르는 내게 택시 기사 영업 비밀을 술술 털어놓는다. 어떻게 현대 출신인 줄 아느냐고? 그럼 회사 다닌 사람 치고 그것 모르는 사람도 있나? 다니는 회사에 따라 말투도, 얼굴도 달라지지 않는가. 삼성 직원들은 뭔가를 속에 감추듯 속닥속닥 말하면서도 깍듯이 예의는 다 갖추되 실속은 실속대로 차리고, 현대 직원은 정주영 왕 회장처럼 투박하게 질러버리고 안 되면 ‘니 잘났으면 그만두자.’ 하는 식으로 끝내버린다. SK직원은 생글생글 웃으면서 ‘니들 그래봐야 월급은 내가 많다’는 듯이 군다. 여하튼 현대 출신일 듯한 심증이 확실한 이 택시 기사 양반이 털어놓은 노하우는 이렇다.

“아침 출근 시간에는 소변을 미리 해결해야 합니다. 그 후엔 물을 먹으면 안 돼요. 서너 시간 동안은 화장실이라도 한 번 들르면 수

입에 지장이 커요. 출근 시간이 지나고 나면 인천공항이나 서울 시내 호텔 앞으로 날아갑니다. 요즈음은 우리나라 공장이나 회사에 일 보러 오는 외국인들이 많거든요. 이 사람들을 태워 목적지로 모시고 나면 또 서울역으로 냅다 달립니다. 지방에서 KTX 타고 서울 병원이나 백화점에 오는 사람이 많은 시간이라서요. 그러고 나서 손님이 없는 시간에 얼른 아침 겸 점심을 먹고 나면 오후 3시쯤이 됩니다. 큰 병원 퇴원 시간이지요. 사람들이 병원에 갈 때는 아무거나 타지만 퇴원할 때는 대개 택시를 타요. 지방에서 온 손님도 올 때는 기차를 타지만 갈 때는 택시로 가는 경우도 있어 이런 손님을 만나면 그런 날은 기분 좀 나지요.”

사업이라고 하기도 좀 뭐한 영업용 택시 기사도 이 정도의 노하우가 필요하다. 요컨대 사업은 아무리 하찮은 듯 보여도 대학교 고등수학이다. 우선 구구단부터 외우고, 중학교 수학, 고등학교 수학을 수료한 후에 당당히 대학교 강의실에 앉아야 한다. 마음 고생이 구구단이라면 길거리 맨손창업과 소형 점포 창업은 중고등학교 수학이다. 중고등학교 수학 공부에 재미 붙으면 한 20년 계속 100점 맞으며 중학교만 다녀도 좋다. 대학을 마치고 더 상급으로 진학하고 싶으면 그것은 이미 달 탐험 수준으로 내 영역을 벗어난 것이니 각자가 알아서 하는 거다.

세상은 넓고
할 일은 많다

그럼 나 자신은 뭘 할 수 있을까?

　우선 특별한 기술이나 돈 있는 경우가 아니라면 세상이 아무리 변해도 변하지 않는 인간 욕구의 본모습, 건강과 의식주, 사랑, 가족, 그리고 인간의 호기심을 주제로 하는 사업에 도전하는 것이 좋다. 벤처니 뭐니 하지만 벤처라는 말의 이면에는 망하기 쉽다는, 아니 거의 모두 망한다는 의미가 있지 않은가. 20대 청년도 아닌 지금 우리에게 망할 수 있는 여유도 자유도 정말이지 없다. 그리고 망할 이유도 없다.

　이 다섯 가지 중 '식' 한가지만 생각해보자. 이미 오랜 세월 변덕스러운 사람들의 입맛을 맞추며 진화해온, 그래서 이미 맛이 증명된 것들, 가령 떡볶이, 튀김, 국수, 죽, 호떡, 순대, 빈대떡, 만두, 찐빵, 김밥, 반찬, 찌개, 비빔밥, 설렁탕, 국밥, 냉면 등등 우리 주위에 얼마든지 있지 않은가. 남대문 시장이나 명동 거리, 인사동, 서울 북촌, 부산 국제시장 그리고 여기저기 전국 어디에나 있는 재래시장에서 살아남은 품목들을 둘러보고 그중 자신에게 제일 적합하다고 생각되는 품목을 골라보라. 동남아 여행. 중국여행. 유럽여행가서 남의 무덤이며 다 허물어진 사원이며 성당이며 궁궐이나 보면 뭐하나. 재래시장이야말로 진짜 그 나라의 '수박의 빨간 속'이 아닌가. 중국 '왕푸징' 거리의 길거리 음식들을 보면 인간의 상상력을 넘어선다. 방콕과 타이페이와 하노이와 호치민의 길거리 음식들을 먹어보라. 세계가 한 마을이 된 지금 파리 샹젤리제 거리의 뒷골목이나 라인강변 루데스하임 동네 빵가게에서 새벽 5시에 풍기는 빵 향기를 즐겨보라. 뉴욕과 런던과 홍콩의 직장인들이 아침식사를 어떻게 해결하는지를 보라. 가까운 일본의 아무 먹자거리에나 가보라. 등잔 밑이 어둡다. 멀리 안 가도 된다. 시골 부모의, 동네 아주머니의 손맛이야말로 진짜다. 우리의 전통방식으로 엄마가 직접 키운 배추며 콩이며 팥이, 시골 사촌이 생산한 쌀이며 보리며 밀이며 소금이며 복분자며 표고가…… 그 밖에 수도 없는 천연재료가 모두 진짜다. 손님이 왕이라고 하지 않는가. 왕에게 진상할 만한 것이다. 이웃이 국산콩 두부가게로 성공했다면 바로 그 사람의 노하우를 배워라. 경제적일 뿐 아니라 위험도 줄일 수 있다. 그래도 '차별화'가 어렵다고 생각되면 떡볶이 중에서도 치즈 떡볶이로 할 것인지, 고기 떡볶이로 할 것인지, 궁중 떡볶이로 할 것인지, 옛날 떡볶이로 할 것인지를 정해서 그것만 공부하는 것도 한 방법이다. 전국의 잘한다는 집은 모두 찾아가서 먹어보고 만들어보고 주위 사람들을 초대해서 품평회도 열어보자. 그렇게 몇 달하면 틀림없이 세계 제일이 된다. 돈이 들어야 얼마나 들며 시간이 걸려야 얼마나 걸리겠는가. 취직도 안 되는 박사학위 받는데도 수천만 원의 돈과 최소 3년의 시간이 필요하다. 평생을, 잘하면 대대로 100년을 할 수 있는 이런 일을 배우는데 이 정도의 시간과 노력은 투자해야 하는 것 아닌가. 이렇게 부모가 이룬 사업을 아들딸이 물려받고 또 손자손녀가 물려받으면 그것이 '백년의 가게'가 되고 '세계의 명품'이 되는 것이다. 지금 우리가 목을 매는 명품이란 명품은 거의 모두 이렇게 출발한 것이다. 세계의 명품 시계, 옷, 가방, 스시, 우동, 와인 이런 것들이 다 그렇다.

우리 삶의 여러 가지 모습 중 '식'만을 생각해도 이렇게 끝도 없이 다양하다. 이런 식의 탐구를 의식주, 사랑, 건강, 가족, 호기심까지로 확대한다면 우리들이 할 일은 끝이 없다. '세상은 넓고 할 일은 많다'는 김우중의 말 그대로다.

이렇게 우리들의 눈을 세계로까지 넓혀 사람들이 원하는 것이라면 무엇이나 해내자. 그것도 세상에서 제일 잘 해내자.

해내야 할 것은 또 있다. 세상에서 제일 좋은 제품을 가지고 죽도록 발품 팔아 고른 장소에 적은 투자로 시작하는 것으로 모든 것이 잘 해결된다면 세상에 무슨 걱정이 있겠는가. 그보다 더 중요한 것이 물론 있다. 가격과 친절이다. 요즘 5,000원짜리 한 장으로는 점심 한 끼 때울 곳도 없다. 브랜드 빵집에 들어가 빵 몇개만 집어도 몇 만원은 쉽게 넘는다. 더구나 무슨 허브, 천연재료, 수제, 아토피 예방까지 나가면 솔직히 내 형편에는 빵도 못 사먹는다. 거리마다 즐비한 카페의 커피 한잔 값이 점심 값에 맞먹는 세상이다. 가격을 정하는 일이야말로 제일 어려운 일이다. 큰 기업의 전문가나 학교의 박사님들이 어렵게 연구하시는 복잡한 수요와 공급, 가격 전략까지 갈 필요 없다. 만약 우리 집사람의 경우처럼 음식업이라면 집세에 1인당 인건비 200만 원씩을 합한 금액의 세 배만 받아라. 가령 집세가 백만 원이고, 종업원 두 사람과 주인 한 사람이 가게를 꾸린다면 종업원의 보수가 얼마든 집세 백만 원 더하기 일인 당 인건비 200만 원 곱하기 3을 해서 700만 원의 세 배, 월 2,100만 원 하루 70만 원의 매출이 나오도록 가격을 매기면 된다는 말이다. 만두 가게에서 만두가 하루 140박스씩 팔린다면 한 박스에 5,000원이다. 성공한 반찬가게 사장 우리 집사람이 2년간의 치열한 실전 끝에 가게 세, 인건비, 재료비, 부가세, 기타 잡비 등을 모두 감안해서 나한테 가르쳐준 것이니 믿어도 된다. 덜 받으면 수지가 안 맞아 경영이 어렵고 더 받으면 경기가 나쁠 때 가격에 민감한 손님들이 오지 않아 망한다. 그리고 이 경기란 놈은 적어도 2년에 한 번씩은 나빠지기 때문에 가격에 욕심을 부려 거품이 끼면 가게가 오래 못 간단다.

가격보다 더 중요한 것이 서비스다. 우리말로 장사를 하는 기본 자세라고나 할까? 우선 손님이 왕이라는 확실한 생각을 가져야 한다. 그런 생각을 가진다는 것이 어디 말처럼 쉬운가. 그렇지만 그렇게 못하겠다면 사업을 시작하면 안 된다. 설령 어쩌다 돈을 벌었다고 해도 평생 장사치 소리나 듣고 산다. 가족처럼? 큰일 날 소리다. 왕처럼 대우해야 한다. 우리 집사람이 반찬가게를 해도 정작 우리 집에서는 집사람의 반찬을 먹기 어렵다. 국산 깨에, 국산 고기, 진짜 국산 참기름 넣은 걸 어떻게 우리가 먹겠는가. 집에서는 미국산 차돌배기, 독일산 삼겹살, 1.8리터에 2만 원도 안 하는 대형 할인점 참기름을 사다 먹는다.

친절만은 '가족처럼'이 적당하다. 너무 기계적인 친절로 손님을 왕으로 취급하면 부담스럽다. 이 서비스 문제도 어렵게 생각할 필요 없다. 미국이나 일본이나 유럽에서 살던 사람들이 우리나라에 와서 느끼는 제일 불쾌한 점이 무엇인가. 상대방 입장은 생각하지 않고 거칠게 말하고 행동하는 것이 아닌가. 전철에서 몸을 부딪쳐도, 발을 밟고도 미안하다는 말 한마디 없이 뻔히 쳐다보고 마는 그런 무례한 태도가 아닌가. 다른 차가 부딪쳤을 때 차체가 상하지 않도록 만든 것이 범퍼인데 조금만 부딪쳐도 병원에 가서 2주 드러눕기부터 하는 그런 거친 태도가 아닌가. 단골 장사든 뜨내기 장사든 이런 태도부터 완전히 바꾸어야 한다. 그러고 나서 가식없이 가족 대하듯 하면 된다. 아무리 꾸며서 친절을 가장해도 손님들은 주인 얼굴만 보면 다 안다. 그러니 각자 출신대로 하면 된다. 서울 사람이라면 서울 사람답게 깔끔하고 경우있게, 경상도 출신이라면 솔직하고 정직하게, 전라도 사람이라면 인심 좋게 다 퍼주고, 충청도 출신이라면 은근하고 깊은 속사랑을 원래 생긴 대로 표현하면 된다. 이것이 최고급 친절이고 서비스다. 이렇게만 하면 반드시 성공한다.

끝까지 나와 함께할 사람은 오직 아내뿐

살아 있다는 것은 일하는 것이고 일한다는 것은 크건 작건 자기 사업을 한다는 것인데 '사업은 열에 아홉이 망한다?' 그렇다면 어떻게 하란 말인가. 정답은 하나다. 우리들 베이비부머에게 경쟁력 있는 일을 해야 한다. 경쟁력이라니까 무슨 문화센터 창업 강의라도 들어야 하나 싶지만 간단하다. 우선 자존심이나 체면 같은 헛소리는 잊고 '실사구시' 하는 진짜 용기로 단단히 무장하면 된다. 우리 부부도 해냈다. 그리고 정말이지 해보니까 할 만했다. 내가 이래 보여도 서울대를 나오고 고시도 붙어 약관의 나이에 정부의 국장도 하고 공기업 사장을 거쳐 대기업에서 사장도 해본 사람이다. 남들이 좋다는 교수 노릇도 해보았다. 또 어떤 직장이든 나의 존재감이 없으면 내 스스로 나 자신을 정리해고 하며 살아온 사람이다. 나라고 그런 정도의 자존심이며 체면이 없겠는가. 의사 집 딸로 태어나 결혼 후에는 사모님 소리만 듣고 살던 우리 집사람도 별소리 다 듣고 별 눈총 다 받아가며 3D 사업을 하고 싶었겠는가. 그렇지만 별수 없었다. 인생이 달린 문제를 대충 생각할 수는 없는 것 아닌가. 우리 부부는 먹고 사는 문제만은 최대한 정직하게 접근했다. 마음에 가득한 허위의 식을 깨끗이 비워냈다. 오로지 노동하며 인내했다. 몸과 마음을 한없이 낮추었다. 직장 생활만 해온 남편이야 미리 준비한 일이 있을 리 없으니 30년 전업주부의 저력을 발휘할 수 있는 특기를 아내가 발휘해주었다. 나는 이런 아내가 고마워서 아내를 언제나 격려하고 하늘처럼 떠받들며 산다.

무엇보다 제일 중요한 것은 무조건 부부가 뭉쳐야 한다. 혼자서는 외롭고 서럽다. 용기가 생기지 않는다. 우리 고향집 진돗개 '백구'도 혼자 있을 땐 낯선 사람이 와도 몇 번 짖다가 만다. 그런데 동생이 데려온 '모지리'와 함께 있으면 다르다. '모지리' 이놈 이름은 내가 지었는데 아무나 그저 좋단다. 암수 구분 없이 강아지만 보면 등에 올라타는 것은 강아지니까 그렇다 쳐도 낯선 사람이 집에 오면 한 몇 초라도 경계라는 것을 좀 해야 할 것이 아닌가. 남녀노소 누구든 보기만 하면 방방 뛰어올라 옷을 다 버려놓는데 '모지리' 말고 무슨 이름을 지어줄 것인가. 그래도 이 '모지리'가 어둠 속에서 뭐라도 나타나면 모지리답게 겁먹은 목소리로 컹컹 짖는다. 그 소리를 들으면 백구가 조용히 나서서 '뭐가 왔나?' 하며 주위를 살핀다. 족제비나 고양이라도 보이면 비호처럼 쫓아버린다. 절묘한 역할 분담이다. 이렇게 강아지들조차 둘이 뭉치면 넷의 힘을 낸다. 말할 것도 없이 부부가 뭉치면 스스로도 놀랄 큰 힘을 낼 수 있다. 무조건 부부가 몸과 마음을 함께 해야 산다.

본격적인 창업을 위해 부부가 힘을 합해 느낌이 통하는 한두 가지를 골라 특화시키면 1년 안에 그 종목으로 세계 1등이 될 수 있다. 가령 감자튀김만 둘이서 밤낮으로 연습한다면 우리나라에서 제일 맛있는 감자튀김을 못 튀길 이유가 없다. 열정으로 꾸준히 알리면 다 알아주고 사람들이 오게 되어 있다. KFC 가게마다 백두옹으로 서 있는 창업자 '커넬 샌더스'가 바로 그 경우다. 머리도 하얗게 샌 것이 우리들보다 나이도 많은 것 같고 생김새도 잘생기지 않았나. 그러니 이 양반의 경우를 우선 보자.

환갑이 넘은 나이에 이 백두옹이 가진 것이라고는 낡은 포드 승용차와 닭을 맛있게 튀길 수 있는 기술 두 가지뿐이었다. 공중화장실에서 세면을 하고 자기가 직접 튀긴 닭튀김으로 끼니를 때우며 좁은 차 안에서 쪽잠을 자고 미국 방방곡곡을 닭튀김 프랜차이즈 계약을 따기 위해 돌아다녔다. 얼마나 많은 수모를 겪었을지는 말해 무엇하겠는가. 아들뻘 가게 사장들한테서 "나잇살이나 먹었으면 쉬지 그래." 따위의 모욕을 수없이 당했단다. 그래도 샌더스는 포기하지 않고 자칭 세계 제일의 닭튀김을 팔러 다녔다. 나이 예순 여덟, 우리 나이로 예순아홉에 천십 번째 찾아간 레스토랑에서 첫 계약을 맺고 21년 후 아흔 살에 세상을 뜰 때까지 9천 개나 되는 KFC매장을 열었다. 샌더스처럼 세계 제일의 닭튀김을 만들어 열정으로 자기 제품을 세상에 알려야 한다. 세상에 다른 진리는 없다. 자기 제품이 세상 제일이라는 신념, 끝까지 계속하는 인내, 하루도 거르지 않고 일하는 근면과 열정뿐이다. 이것 말고 무슨 지름길이 있을 수 있겠는가.

종로구 정독도서관 앞 골목길, 한 테이크아웃 야채 호떡집 앞에 20명은 줄을 서 있었다. '호떡 하나 먹겠다고 저 줄을 서?' 하며 주위를 어슬렁거리며 장사 잘 되는 그 가게를 살폈다. 허름한 호떡집 주인은 반백의 머리칼을 아주 멋지게 기른 신사였다. 부인은 뜨거운 기름이 튈까 봐 보호 안경까지 쓰고 있었다. 두 사람 모두 겸손이 몸에 배어 있었다. 손님이 그렇게 몰리면 어느 정도 거만해지는 것이 보통 사람의 일인데 두 사람에게는 그런 기미조차 없었다. 대신 성공한 경영자의 당당한 긍지가 얼굴에 넘치고 있었다.

　　남편은 열심히 호떡을 식히면서, 너무 뜨겁다는 당연한 소리를 연발했다. 다들 즐거운 표정이었다. 그러면서도 줄 끝에 선 사람에게는 "기다리게 해서 미안하다. 곧 나온다"며 거듭 희망을 주었다. '재미있는데' 하며 한참 뒤 나도 줄의 맨 끝에 섰다. 15분도 넘게 기다렸지만 지루하지 않았다. 부인은 기분 좋은 미소를 잃지 않았고 남편은 호떡을 주면서 한 사람 한 사람마다 덕담을 잊지 않았다. 부부 사이에도 언제나 잔잔한 미소가 오갔다. 드디어 내 차례가 되었다. 종이컵에 호떡을 톡 쳐서 넣으니 미리 세로로 가위질을 해놓은 종이컵이 벌어지면서 호떡이 안정감 있게 자리를 잡았다. 호떡 먹을 때마다 늘 걱정이었던, 뜨거운 꿀물이 떨어지거나 옷에 묻을 염려가 사라졌다. 저절로 감탄이 나왔다. 중학교 때 이후 40년 만에 처음으로 꿀호떡이 아닌 야채호떡을 처음으로 사장 부부의 유쾌한 유머를 들으며, 처음으로 꿀물에 입 천장을 데지 않고, 처음으로 꿀물을 옷에 묻히지 않고 먹었다.

간판은 없지만 영어로 '허니' '베지터블'이라고 써놓고 일본어로도 가게 정보를 알리고 있었다. 이것이 답이다. 다른 곳에는 없는 야채 호떡으로 경쟁력을 살리고 작은 점포로 투자는 최소화하며 미소와 친절로 장사하면 그것이 혁신이다. 이기는 방법이다. 맛이 다르든 서비스가 다르든 가격이 다르든 일단 달라야 산다. 대형 할인점의 공장 제품이 절대로 따라올 수 없는 맛과 사람 냄새나는 친절이 답이다. 그런데 이 집의 대단한 성과는 다른 게 아니라 이 부부의 완벽한 호흡이었다. 이 호떡집 부부는 마치 복식탁구를 하는 선수들

처럼 완벽한 팀플레이를 하고 있었다. 서로가 서로를 격려하는 것은
물론이고 때로는 서로의 장단에 추임새까지 넣어주고 있었다. 항상
하나가 되어 있었다.

베이비부머의 자산관리, 이렇게 하면 어떨까

평생을 열심히 일했는데 막상 회사를 나오니 가진 재산이라고 말하기에도 낯 뜨거운 푼돈뿐이다. 이 눈물 젖은 돈을 어떻게 할까. 신문에 '베이비부머의 맞춤 재테크'가 난리다. 증권 회사에서 나온 전문가는 자기 회사 주식을 사고 펀드에 가입하라고 하고, 부동산 회사 사람은 자기 회사 수익형 부동산의 수익률이 제일 높다고 한다. 은행원은 자기 은행에 예금해야 제일 안전하다고 부추긴다. 보험 회사 사람은 자기 말 듣지 않으면 말년에 큰일 난단다. 다들 우리 베이비부머들 걱정에 잠을 못 주무신다. 고맙지만 나는 일단 '노 땡큐'이다. 듣고, 생각하고, 물어보고, 비교해본 후 '예스' 해도 늦지 않다. 우선 너무 복잡하고 어렵다. '이번에 이 주식이 좀 오를 것 같으니 이런

"

거 한번 사보시면 어떨까요? 저도 틀릴 수 있으니 판단은 각자 하시고요.' 이렇게 쉽게 이야기하면 어디가 덧나나? '주가 지수가 몇 퍼센트 오르거나 그렇지 않거나에 따라 거기에 연동하여 수익이 나올 확률이 어떻다.' 하면 조선 천지 어느 장사가 그 말을 알아듣는단 말인가. 차라리 당골레 무당 옷을 걸치고 텔레비전에 나와 음향오행에 따른 체질이 어떻고 하는 어르신 말씀을 알아듣고 말지 도대체 무슨 소린지 알아들을 수가 없다. 답답한 마음에 국내 최대 은행 수석 여신 부장을 지낸 내 친동생한테 큰소리를 쳤다.

"너 맨날 신문에 은퇴자들 자산관리며 돈 관리 이렇게 하라 저렇게 하라 쓰던데 도대체 어떡하란 말이냐? 이 사람은 이 말하고 저 사람은 저 말하고 통 알아들을 수가 있어야지."

내 동생은 씩 웃으며 이런다.

"형 나이엔 첫째도 가늘고 길게, 둘째도 가늘고 길게, 셋째도 마찬가지야. 다른 뾰족한 수 없어."

"야, 그런 걸 누가 몰라. 전문가라는 놈이 겨우 그거냐?"

"그럼 형은 무슨 다른 수 있어?"

맞다. 다른 수가 없다. 월급 안 나오면 돈 생길 곳이 없는데 가늘고 길게 안 살고 달리 어떻게 살 수 있단 말인가. 내친 김에 동생과 함께 어떻게 하면 '가늘고 길게' 내 재산을 관리할 것인지 진술한 대화를 나누었다. 그동안 상처뿐인 나의 재테크 경험도 섞고 또 내 주위 여러 친구들의 과거와 현재도 살펴보니 베이비부머 자산관리 이 렇게 하면 어떨까.

첫 번째는 부동산이다. 부동산은 닳는 것이 아니므로 최대한 오래 가지고 있는 것이 좋다. 우리에게 부동산은 단순한 자산이 아니다. 가족 모두의 혼이 담겨 있는 둥지 내지는 일터이다. 그래서 부동산 은 함부로 손대는 것이 아니다. 부모 논밭 팔아 서울 가서 공부한 놈 치고 잘 된 놈 없다. 조상 대대로 내려오던 자갈논 팔아 사업한 사 람치고 돈 벌어 금의환향한 사람 내 눈으로는 못 봤다. 물론 부동 산 가격도 부침이 많다. 베이비부머 세대가 모두 회사를 나오면 아 파트 매물이 쏟아져나와 똥값이 될 수도 있다. 그러나 한 가지는 확 실하다. 땅은 만들 수 없고 집을 짓는 데는 시간이 걸린다. 우리나라 GDP는 계속 높아지고 있다. 갈수록 사람들이 더 넓은 집과 더 많은 사무실을 원할 것이 분명한 이유다. 쉽게 말하면 전쟁이 터져서 망 하지 않는 한 부동산 가격은 장기적으로 보아 다른 물가보다 더 빨 리 올라가는 것이 자연스런 이치란 말이다.

부동산을 그냥 가지고 있어야 하는 이유는 또 있다. 팔아봐야 남는 것이 없다. 팔았다고 양도세, 샀다고 취득세며 등록세 그리고 부동산 수고비에, 은행 대출 갚아버리면 집 크기만 줄지 빚은 별로 줄이지도 못한다. 그러니 견뎌보다가 못 견디면 역모기지로 조금씩

저 세상 갈 때까지 빼먹고 그래도 혹 남으면 나머지는 자식들끼리 나누게 하면 된다. 부동산은 돈 없는 우리가 '가늘고 길게' 사는 데 최후의 방패 역할을 할 것이다.

두 번째, 예금은 급할 때 빼 쓸 수 있을 만큼만 한다. 지금 우리나라 정기예금 이자가 약 3.6퍼센트다. 1억을 맡기면 1년에 360만 원을 이자로 준다. 이 이자 360만 원 중에서 15.4퍼센트는 정부가 세금으로 떼 간다. 1억을 정기예금 했을 때 한 달에 25만 원의 이자를 받는 셈이다. 10억이라는 큰 금액을 맡겨도 고작 월 250만 원이다. 저축하면 원금은 지킨다는 생각도 인플레이션을 따지면 틀린 말이 된다. 물가가 1년에 4퍼센트 올랐다고 가정하자. 1억을 1년 동안 은행에 맡겨 360만 원의 이자를 받는 동안 내 돈 1억은 4퍼센트만큼, 다시 말해 400만 원만큼 가치가 떨어진다. 실질 가치가 1년 만에 9,600만 원으로 줄어드는 것이다. 360만 원 이자를 받는 동안 원금의 가치는 400만 원이 떨어진다면 40만 원의 손실을 본 것이 아닌가. 연금을 들 때도 이 인플레이션의 영향을 꼭 고려해야 한다. 수많은 연금 상품이 있지만 어떤 설계사도 인플레이션을 이야기해주는 사람은 없다.

생각할 것이 또 있다. 소득 증가에 따른 소비 수준의 증가, 이에 따른 '돈의 체감가치 감소'도 반드시 고려해야 한다. '돈의 체감가치'라는 용어가 경제학에 있는지는 모르겠지만 나는 돈을 쓰는 사람이 실제 몸으로 느끼는 돈의 가치를 그렇게 부른다. 가령 옛날에는 보리밥에 김치만 먹으면 부러울 것이 없었지만 지금은 쌀밥은 물론이고 불고기에 샐러드까지 먹고 식후 커피도 한잔 마셔야 식사했구나 한다. 같은 정도의 만족을 얻기 위해서 예전에 비해 몇 배의 돈이 필요한 것이다. 인플레이션과 돈의 체감가치가 감소하는 이 두 가지를 염두에 두지 않으면 세월은 약이 아니라 독이 되어버린다.

마지막으로 남는 것이 주식이다. 주식은 사람마다 해석이 다르다. 그만큼 예측이 어렵다는 이야기다. '고 수익에는 고 위험'이 따른다. 흔한 말로 '하이 리턴, 하이 리스크'다. 선무당이 사람 잡는다고 주식 공부 좀 하고 나서 잘난 체하다 패가망신한 사람이 나를 포함해서 어디 한둘인가. 그래서 주식투자는 심플해야 한다.

앞으로도 계속 성장할 확률이 높은 회사 주식 '우량주'와 회사가 망해도 상당한 자산을 가지고 있어 폭삭 망하지는 않을 주식 '자산주'를 사고 또 이런 주식을 중심으로 운용하는 펀드를 사면 된다. 당연히 우리는 그 기준을 알기가 힘들다. 회사의 깊은 사정은 그 회사의 고위 임원 정도나 자금 담당자 정도가 아니면 절대로 모르게 되어 있다. 회사의 재정 형편이 어떤지, 그리고 미래의 성장 전략이 무엇인지 보통 사람들이 알 정도면 그 회사는 이미 망한 것이나 다름없다. 그래서 정말 믿을 만한 전문가를 찾아 자신의 투자 목적을 정확히 설명해주어야 한다. 자세한 설명을 듣고 판단해야 한다. 선택은 자신이 스스로 한다. 다른 방법은 없다.

결국 부동산, 현금, 주식 중 아무 놈도 믿을 놈이 없다는 말이 된다. 그리고 곶감을 빼먹을 생각만 하고 살기에는 우리 앞에 남은 생이 너무 길다. 그래서 베이비부머의 돈 관리는 어쩔 수 없을 때를 제외하고는 어떻게든 죽을 때까지 부동산과 돈을 손에 붙들고 있되 죽을 때까지 일을 하며 곶감을 새로 만들어야 한다. 먹고 남으면 또 남은 삶을 위해 갈무리를 멈추지 말아야 한다. 우리가 믿을 수 있는 것은 부동산도, 현금도, 주식도 아닌 우리 스스로의 의지뿐이다. 강물을 거슬러 죽어라 헤엄쳐도 겨우 제자리인데 강물 위에 편하게 떠 있다 간 하류로 떠내려가 하류 인생이 된다.

보험, 때로는 공격이
최선의 방어다

어느 날 퇴근하고 현관에 들어서자마자 아내가 싱글벙글하며 나를 맞았다. "오늘 뭔 일이 있었게요?" 한다. 웬일로 '곰 여사'께서 애교를 다 부리시다니. 자기가 원래는 애교도 많고 명랑한 사람이었다나. 그러니까 원래는 명랑하고 애교 있는 여우였는데 내가 자기를 곰으로 만들었단다. 하!하!하! 기가 막혀 웃고 있는데 보험 회사에서 400만 원을 받았다며 자랑이다. 보험의 '보'자만 들어도 귀찮아 도망부터 가는 나는 '저 사람 또 속았군.' 했다. 어릴 적 동네 누나에, 후배들부터, 무슨 대학원 동기에, 정말 거절하기 어려운 외가 쪽 여동생들까지 불쑥 사무실에 찾아와 고래심줄의 저력을 과시하며 보채는 보험가입을 거절하기 정말 어려웠던 기억이 있어 보험하면 왠지 피하고만 싶다. 어쩔 수 없이 든 보험만도 주렁주렁했다. 우리 집 대추나무는 빚만 걸린 게 아니라 보험까지 주렁주렁 열려 있다. 그런 내가 보험 설계사들을 보고 도망가지 않고 배기겠는가. 그래도 돈을 받았다니 궁금했다. 아내가 얼마 전 잇몸이 좋지 않아 치과에 가서 잇몸 이식 수술을 했는데 그것 때문에 보험금이 400만 원이나 나왔다는 것이다.

"치과에 얼마 냈는데?"

"30만 원도 안 될 걸요."

"그래? 진짜로? 그게 뭔데?"

친구가 하도 징징거려서 돈 몇만 원 버리는 셈치고 들어놓은 것인데 바로 그놈이 효자 노릇을 한 것이란다.

"그럼 나도 저번에 깨진 이가 흔들리는데 얼른 보험 들자."

보험 들 때는 보험 회사에 슬쩍 감추고 조금 이따가 치료하면서 보험금을 타먹을 요량이었으나 이제는 늦었단다. 2~3년 전만 해도 치아보험에 별 관심이 없어 이런 횡재가 가능했으나 이제는 안 된단다. 어쨌거나 보험에 대한 나의 부정적인 인식이 이 중대 사건을 계기로 싹 바뀌었다.

후에 보험회사 사장 하고 있는 친구를 싸구려 자연산 횟집에서 만나 아내의 이야기를 들려주었다. "야, 용순아, 보험 회사라는 데가 순전히 사람 귀찮게 해서 돈 버는 곳인 줄로만 알았는데 이제 보니 그게 아니던데." 했다. 동기 중 드물게 아직 회사에 다니는 이 친구가 그걸 이제 알았냐는 듯 그냥 씩 웃고 만다. 그렇다. 내일 일을 알 수 없는 것이 우리 인생이다. 만약을 대비한 보험도 필요하다. 매달 7~80만 원씩 들어가는 저축성 보험은 은행 예금과 별로 다르지 않으니 별 도움이 되지 않는다. 20년 후 만기가 되면 얼마를 받는다는 감언이설에 넘어가서도 안 된다. 인플레와 돈의 체감가치를 반드시 감안해야 한다. 좀 유식한 말로 저축성 정도와 보장성 정도를 자신의 형편에 딱 들어맞도록 해야 후회하지 않는다. 설계사에게 차분히 설명을 들은 후 결정해도 늦지 않다. 그러나 일이 닥쳤을 때를 대비할 수 있는 보장성 보험은 필요하다. 기분은 나쁘지만 암보험도 필요하다. 또 있다. '입 벌리면 그랜저 한 대'라는 치아 치료를 위해 치아 보험도 100세 시대에는 필수다. 나이 들고 이가 빠지는 것은 먹을 만큼 먹었으면 이제 그만 먹고 죽으라는 자연의 명령인데 지금은 임플란트로 빠진 이를 새로 만들어 넣는다. 자연 현상을 거스르려면 돈 들어가는 것은 당연히 감수해야 할 것 아닌가. 이처럼 자연 수명을 억지로 늘리는 일에 필요한 돈이 앞으로는 훨씬 커질 것이다. 그런 일을 보험 회사에 떠넘겨버리는 것이다. 우리 집안은 모두 이가 튼튼한 편이다. 그런데도 환갑잔치에 갔다가 LA갈비에 섞인 뼈 조각을 잘못 씹어 깨진 내 어금니에 애들 둘의 치아교정까지 합하니 올해만 치과에 가져다준 돈이 1,700만 원도 넘는다. 정말 그랜저 중고 한 대 값이다. 아내가 보험금으로 400만 원이라도 받았으니 망정이지 올해 이 때문에 손재수 엄청 클 뻔했다. 찾아보면 얼마든지 자신에게 딱 맞는 좋은 보험 상품이 개발되어 있음을 알 수 있다. 친척 동생이나 대학 동기, 아니면 초등학교 때 짝사랑이든간에 보험 설계사에게 전화해라. 나라면 초등학교 때 짝사랑을 선택하겠다. 하루 만 원 정도로 미래를 안심할 수 있다면 수지맞는 장사다. 곶감을 통째로 빼먹어야 할 경우가 확 줄어들기 때문이다. 공격이 최선의 방어라는 말은 바로 이럴 때 어울리는 말이다.

우리 지구에서
가난을 몰아내자

왜 우리나라 사람들은 의지가 넘쳐서 나라가 온통 아귀다툼인데 가난한 나라 사람들은 나무 밑에 앉아 그늘만 즐기고 있겠는가. 이유는 딱 한가지다. 자기 것이 아니기 때문이다. 잘 살려면 결국 '자기 것'을 인정해야 한다. 러시아가 방대한 영토와 엄청난 자원을 가졌지만 아직도 가난한 것은 자기 돈을 벌어 큰 부자가 되겠다는 '기업가 정신'이 부족하기 때문이다. 엄청난 노동력을 가진 방글라데시 사람들도 주인 의식이 없어 의욕이 생기지 않기는 마찬가지다.

우리 베이비부머들이 이 지구에서 가난을 몰아낼 수 있다. 우리가 그동안 회사에서 죽도록 익힌 '기술'을 전수하고 '파는 방법'을, 그래서 잘 사는 길을 이들 가난한 세상에 전해줄 수 있다. 우리야말로 가난을 몸소 경험했고 눈부신 경제성장을 이룩한 세대가 아닌가. 우리에게는 '돈'도 '기술'도 있다. 남의 어려움을 그냥 보고 있지 못하는 DNA도 가지고 있다. 우리 민족만큼 남 돕기를 좋아하는 민족도 없다. 기독교, 가톨릭, 불교, 원불교 그밖에도 수많은 종교단체와 수많은 사회단체들이 봉사와 기부에 여념이 없는 것을 보면 안다.

그럼 무슨 돈으로? 우리가 다니던 친정 회사들이 나서도록 해야 한다. 기업 스스로가 나설 수 있는 분위기를 만들어주어야 한다. 다른 소리 다 필요 없다. 우리 대기업을 현대판 이순신으로 떠받들고 존경하는 분위기를 만들어주면 그것으로 만사형통이다. 범죄까지 눈감아주자는 것은 물론 아니다. '노블리스' 대접을 해주고 '오블리주'를 요구하자는 거다. 세금 내서 정부와 국회와 사법부와 군대와 경찰과 119와 그리고 우리 부모들의 약값과 간병비를 대주는 사실을 사실대로 인정하자는 소리다.

비자금이 필요 없는 정치도 만들어주자. 우리나라에서 자기 돈으로 정치하는 정치인이 몇이나 되겠는가. 오죽하면 정치는 교도소 담장 위를 걷는 것과 같다는 말이 나오겠는가. 이런 풍토에서 비자금 없이 기업을 운영할 수 있는 경영자가 몇이나 되겠는가. 기업들이 비자금 따위로 마음 고생하다 운 없으면 감옥에나 드나들지 않도록 해야 한다. 대신 마음에서 우러나오는 상생, 동반 성장, 이익 공유, 기부, 봉사, 경제 민주화, 사회 기여를 할 수 있도록 해주자는 거다. 기업 스스로 자기 이름을 걸고 명예롭게 돈을 쓰도록, 세상에 널리 '홍익'할 수 있는 환경을 조성해주어야 한다. 이렇게만 되면 큰 기업들이 퇴직 베이비부머에게 1인당 연 2천만 원씩 쥐어주고 이들을 자기 회사의 물건과 기업가 정신을 세상에 나가 퍼뜨리는 '홍익인간'으로 길러낼 것이다. 아시아, 아프리카, 남아메리카에 각 기업의 유니폼을 입은 홍익인간들이 넘쳐날 것이다. 이 과정이 기업을 세계 일류로, 최고의 브랜드로 만들 것이다. 나아가 세상 사람들이 우리 제품과 기업가 정신을 사랑하는, 또 한국을 사랑하는 진정한 친구가 될 것이다.

대기업만인가. 삼성, 현대, GS, LG, SK 같은 대기업뿐 아니라 작고 이름 없는 중소기업도 이들 대기업에 못지않은 기술력이 있고 기업가 정신이 있다. 이런 회사에서 그리고 조직에서 일한 베이비부머는 누구나 경쟁에서 살아남는 법을 체화하고 있다. 세금으로 우울증 진단 비용이나 대는 정책을 만들기 이전에 할 일이 없어 생기는 걱정, 돈이 없어 오는 불안과 우울을 덜어주는 것이 우선이다.

식품 회사가 농업 기술을 가진 자기회사 퇴직 농부를 도움이 필요한 곳에 보내 기술과 경영을 알려주고, 강남의 학원에서 퇴직한 강사가 미얀마의 학생들에게 족집게 강의를 해주고, 청담동 일류 미용실에서 이제는 비싼 머리에 싫증난 헤어 디자이너가 아프리카 콩고의 수도 브라자빌의 거리를 멋쟁이들로 가득 채울 것이다. 세계가 우리 베이비부머와 우리 기업의 진정한 무대가 될 것이다.

마음의 실향민이
되지 않기 위해

우리 고향 마을에 남은 남자는 딱 둘이었다. 그런데 영삼이 아재가 올 봄 갑작스런 폐암 진단을 받고 돌아가시자 경모 아재가 유일해졌다. 살아계신 아짐들은 이제 30명 남짓. 자식이 있는 집이건 없는 집이건, 잘 됐건 못 됐건 모두 지붕이 내려앉고 마당엔 키 높이의 풀만 무성하다. 몇 안 남은 노인네들 그림자까지 없어지면 고양이만 어슬렁대는 우리 동네 어찌 될까. 할머니, 아버지, 어머니, 우리 형제들, 중학교 교장, '뻥아리' 삼촌, 유기공방 다니던 학조 아재네까지 스물두 명이 살았던 우리 집도 이젠 텅 비어버렸다. 기와지붕에 풀이 나고 물도 새니 안채 부엌이 기울어버렸다. 넘어지기 직전이었다.

고향집이 무너지면 내 고향도 이젠 없어진다. 어찌할까. 할머니와 부모의 냄새가 나고 내가 태어난 고향집을 재건해야 할까 아니면 가슴에 묻어버리고 앞으론 고향에 얼씬도 말아야 할까. 이 생각 저 생각으로 부엌이 기운 채로 2년을 보냈다. 물론 돈 때문이었다. 아무리 생각해도 100년이 넘게 건재해온 우리 집을 내 대에 와서 무너지게 방치할 수는 없었다. 어금니를 꽉 물었다. 그래! 다시 재건하자!

나의 모든 기억의 원천, 부모와 우리 형제들이 꿈엔들 못 잊을 우리 집을 우리 어린 시절의 모습 그대로 재건하고 싶었다. 대청마루에서 할머니와 엄마가 홍두깨에 아버지 적삼 만들 명주를 감아 '다당다당' 다듬이질 하던 그때 그대로 돌아가자. 형제들을 모아 우애 가득한 파티를 가지면 얼마나 좋을까. 밤새 뒤척였다. 새벽까지 잠이 오지 않았다.

"시골집을 고쳤으면 하는데."

"……."

아내는 아무 말이 없었다. 다시 말을 열었다.

"시골집……."

"돈이 있어야지요."

아내는 누운 채로 말을 자르며 대꾸했다.

"큰놈 유학을 한 2년 늦춰야지."

"그게 말이 되요?"

"더 늦으면 쓰러질 텐데…….”

“그래도 그렇지 애 교육을 포기한다는 게 말이 되요?”

“누가 포기한댔어? 좀 늦추자는 거지. 시골 친구 시켜 싸게 해볼 테니 한번 해보자.”

“나는 모르겠어요.”

아내의 시원한 승낙을 받지 못한 채 큰놈을 데리고 고향집에 내려갔다. 안채 마당에 가슴까지 자란 잡초를 헤치고 다녔다. 헛간채의 허물어진 옛 닭장도 보여주었다. 아버지가 나한테 그랬듯 나도 집안 구석구석을 광산 김가 42세손 ‘순’자 돌림 아들에게 설명했다.

“휘순아. 아빠가 이 방에서 나서 지금은 무너진 저 토방을 뛰어다니며 자랐다. 증조할머니는 고모들하고 저 큰방에서 자고 아빠는 작은 아빠들하고 이 방에서 할머니와 함께 잤어. 할아버지는 저 사랑채에서 혼자 주무시고. 여름엔 할머니가 이 샘물을 퍼서 바로 이 자리에서 ‘조로’에 넣어 아빠를 목욕시켜 주었지. 겨울엔 목욕물을 데웠는데 우리 면에서 우리 집만 목욕탕이 있었단다. 그때는 타일이 귀한 때라 동네 애들이 여기 와서 막 만져보고 그랬어. 목욕물을 데우면 할아버지가 먼저 목욕을 하시고 그다음에 아빠랑 작은 아빠들이 했어. 그러고 나면 고모들이 목욕탕에 들어갔지. 탕 안에 들어가면 움직이지 말고 가만히 앉아 하나에서 백까지 세고 있어야 했어. 몇 달에 한 번 하는 목욕이라 때가 여간했겠니. 움직였다간 물이 어떻게 되겠어. 하지만 아무리 주의를 해도 하얀 때가 물 위에 둥둥 뜨곤 했지. 몸을 불리고 욕조를 나오면 할머니가 맨손으로 때를 밀어주셨어. 할머니는 탐스럽게 벗겨지는 때를 보고 '오메, 오진 거.' 하고 새삼 감탄을 연발하면서 때를 미셨지. 할머니가 '인자 되얏다.' 하고 나서 작은 아빠의 때를 벗기기 시작하면 아빠는 벌거벗은 그대로 시원한 겨울바람을 갈라 얼른 증조할머니의 방 따뜻한 아랫목으로 달려갔지. 이불 밑에서 따뜻하게 덥혀진 새 내복을 입고 증조할머니 방 아랫목에 누웠을 때의 그 상쾌함을 지금도 잊을 수 없단다." 쓸데없이 주르륵 눈물이 흘렀다. 아직도 아들에게 해줄 말이 많았다.

"아빤 저 대청마루에서 할아버지한테 매 엄청 맞으며 공부했어. 하루는 말이야, 대청마루 기둥에 걸린 할아버지 스웨터 호주머니에 10원짜리 한 장이 반쯤 얼굴을 내밀고 있는 거야. 얼른 빼냈어. 빨간 사탕 '오다마'를 사먹으려고 그걸 훔친 거야. 학교 앞 윤만이 선생 점빵에서 이것저것 사먹고 유쾌한 기분으로 시침을 뚝 떼고 있었지. 그런데 저녁 때 집에 온 할아버지가 평소와는 다르게 부드러운 목소리로 '혹시 아부지 쉐타 호랑에 돈 10원 봤냐?' 하고 물으시는 거야. 그때 얼른 사실대로 말 했다면 됐을 텐데 '아니요' 하고 시침을 떼고 나니 문제가 심각해졌어. 사실대로만 말하면 다 용서한다는 할아버지의 집요한 설득과 회유도 소용이 없었지. 남자가 한번 한 말을 어떻게 바꾸냐? 안 그래? 그런데 말이야. 한번 거짓말을 해버리고 나니 거짓말이 거짓말을 부르더라고. 결국 설득을 포기한 할아버지가 '너 이 마당 스무 번 돌고 나서 다시 생각해 봐.' 하고는 밖으로 나가 버렸어. 지금은 이렇게 손바닥만 하게 보이지만 그때는 야, 이 마당 이 왜 그리 넓어 보였는지! 땀을 뻘뻘 흘리며 마당을 돌고 있는데 증 조할머니가 '내가 다 돌았다고 말해주께 고만 돌고 아부지한테 사실 대로 말해 부러라.' 하는 거야. 한참 후 할아버지가 돌아와서 회초리 를 손에 들고 말했어. '스무 바퀴 다 돌았냐?' '예.' 한 번 더 거짓말 을 했지. '아부지 호랑에서 돈 10원 가져갔지?' 그때 '예!' 하면서 얼 마나 창피했는지 알아? 아빠 인생에서 이보다 치욕스러운 적은 없 었을 거야. 그런데 매를 기다리고 있던 아빠를 뜻밖에도 할아버지가 꼭 안아주며 '선호야, 누구나 잘못은 할 수 있어. 다시 안하기만 하 면 돼.' 하는 거야. 막 울어버렸지. 그 엄한 할아버지도 눈가가 촉촉 해졌어. 할아버지가 눈물을 보인 것은 그때가 처음이야. 아빠는 할 아버지하고 할머니 혼이 여기 어디 떠돌고 있는 것만 같아. 아빠가 못하면 너라도 이 집을 재건해야 돼." 자꾸 눈물이 났다. 옛 기억을 꺼내서일까. 아무리 생각해도 이 집을 헐면 내 마음의 고향이 사라 져 견딜 수가 없을 것 같았다. 언젠가는 돌아올 마음의 고향은 여기 뿐이었다.

"알았어, 아빠."

아들은 진지하게 대답해주었다. 속으로는 '지가 무슨 수로.' 했지만 기분은 나쁘지 않았다. 집안의 대를 이을 부자 간에 적어도 이 정도의 의식은 필요하다고 생각했다.

학비가 싼 학교를 골라 큰놈을 유학 보내고 돈 되는 대로 하다보니 그새 2년이 훌쩍 지나갔다. 무엇보다 작업 진도가 느렸다. 일을 맡긴 목수는 내가 어릴 때부터 솜씨 좋기로 소문난 동수 형이다. 형은 무형문화재 자격증만 없지 완벽한 전통한옥 대목이다. 다만 성의가 지나쳐 서까래 하나 다듬고 나면 하루가 다 가버렸다. "어지깨 막걸리 좀 마셨단 마시." 하며 11시가 다 되어 나타나는 건 하루걸러 일이고 한 30분 동안 연장 정리하면 또 점심식사 시간이 되었다. 점심때도 "술을 한잔해야 손이 더 보드랍게 돌아가제잉." 하는데 어쩌겠는가. 그래도 하루 일당은 일당대로 청구했다.

밑 빠진 독에 물 붓기가 따로 없었다. 겉은 멀쩡해도 빼놓고 보면 속이 썩은 목재들도 많아 그때마다 바꿔야 했다. 서울 북촌뿐 아니라 전국 방방곡곡에 수많은 우리 한옥들이 일제를 거치면서 일본식으로 변형되어 버렸다. 그래서 내 눈에는 두루마기 입고 게다짝을 끄는 것처럼 보일 때가 많다. 그래서 우리 집만은 누추하더라도 남도 농가의 진짜 모습을 잃지 않게 하고 싶었다. 불편하지만 집안으로 화장실이나 세면실을 끌어오지 않았다. 불편을 기꺼이 감수하면서도 100년 전 우리 조상들의 삶을 반추해보고 싶은 사람들만 오면 좋겠다는 생각으로 재래식 화장실 같은 치명적인 부분을 제외하고는 원래의 모습에 손 하나 대지 않았다.

때론 느려터진 진도에 화가 나서, 때론 끝도 없이 들어가는 돈 문제로 속 터지는 일이 한두 번이 아니었지만 결국 2년 후 1차 공사가 끝났다. 집을 짓다보면 속이 시커멓게 탄다더니 고치는 데는 속이 재가 되어버리는구나. 안채, 안사랑채, 행랑채, 사랑채, 학조방, 문간채 총 여섯 채 중 네 채는 옛날 모습을 완전히 되찾았다. 행랑채는 벌써 흔적도 없고 안사랑채는 한옥에 일본 건축양식을 가미해서인지 좀 생뚱 맞아 이번 기회에 철거해버렸다. 20킬로미터 떨어진 군청소재지에 가서 두레박도 사와 샘에 던져 넣었다. 장작을 때던 엄마 모습 그대로 쪼그려 앉아 온돌을 데워보았다. 옛날의 온기가 그대로 느껴지고 그때의 장판 냄새도 변함이 없었다. 안방에 들어가 얼굴을 방바닥에 대고 조용히 엎드렸다. '함마니, 엄마, 아부지' 하고 불러보니 저절로 눈물이 흘렀다.

두레박 가득 샘물을 펐다. 엄마가 새까만 내 몸에 끼얹어주던 바로 그 샘물을 다시 내 온 몸에 들이부었다. 엄마의 목소리가 들렸다. 할머니와 엄마의 냄새도 났다. 사랑채에서는 아버지의 쩌렁한 호통소리가 들려왔다. 다시 그때로 되돌아가니 세상 무엇도 부럽지 않았다. 사랑채 아랫목, 아버지가 숨을 거둔 그곳에 누워 천장을 올려보았다. 아버지가 숨을 거두기 전 마지막 쳐다본 곳이 저곳 저 천

장이겠지. 바로 그 자리에서 아버지 제사를 다시 모시던 날, 아버지
가 귀하게 보관하던 당호 ‘양재’를 가죽나무 액자에 넣어 다시 올려
달았다.

나는 고향 한옥 펜션지기로
살고 싶다

집은 대충 정리가 되었는데 사람이 살지 않으니 썰렁했다. 사람 냄새가 확 풍기도록 새로운 계획도 세웠다. 진돗개를 두세 마리 풀고 이놈들과 신경전을 벌일 토종닭도 한 서른 마리 사다 기르는 것이다. 몸보신이 필요할 때마다 한 마리씩 잡아먹는 것은 우리 아버지의 선례를 따르는 것도 좋을 것이다. 제주도 가서 조선말도 암수로 사다 기르고 '신성일' 아저씨처럼 모래 깔아 조그만 마장도 만들어 놓으면 우리 집에 놀러온 사람들이 타볼 수 있을 것이다. 집 고치느라 손발이 다 터버린 장손 며느리 내 아내에게는 빨간색 '폭스바겐 뉴 비틀'을 사주는 게 좋겠다.

한옥 펜션지기가 간단해보여도 익힐 것들이 한두 가지가 아니었다. 준비해야 할 일도 생각보다 많고 땀 흘려 해내야 할 일도 많았다. 부패를 막기 위해 서까래며 기둥에 식물성 기름도 조심스럽게 발라줘야 하고 기둥이며 마루가 자연스러운 윤기를 내게 하려면 베이비오일을 마른 수건에 조금씩 묻혀 한나절씩 박박 문질러주어야 한다. 하지만 이 정도면 간단한 축이다. 한옥에는 흙벽 틈이건, 기둥이건, 서까래건, 마룻바닥이건 구멍마다 곤충들이 알을 낳고 산다. 입구와 도망갈 구멍을 반드시 함께 만들어놓는 이놈들을 없애려면 공기압축기로 구멍마다 고압 공기를 불어넣어야 한다. 공기가 들어가면 전혀 엉뚱한 구멍으로 곤충과 알들이 훅 밀려나온다. 아니면 콜라 빨대를 구멍에 대고 일일이 입으로 불어야 하는데 10분만 해도 현기증이 나니 수시로 사다리에서 내려와 휴식을 취해야 한다. 이때는 특히 발목을 접질리지 않도록 주의해야 한다. 나는 고생 좀 했다. 온돌을 덥히기 위한 장작패기도 거의 달인 수준으로 연습해야 한다. 장작패기가 생각보다 쉽지 않다. 나뭇결을 따라 뽀갤 수 있을 정도가 되면 손바닥에 굳은살이 생기고 팔과 가슴에 권상우 저리가라는 근육이 생긴다. 진짜 머슴이 된다.

큰맘 먹고 멀리서 찾아온 분들에게 내놓을 된장, 간장, 고추장도 담가서 장독대에 놓아야 고향집의 정취가 난다. 남도 음식의 기본은 무엇보다 된장이다. 그런데 이 된장이 그리 간단한 물건이 아니다. 똑같은 조선 콩으로 같은 날 메주를 쑤어, 똑같이 3년 간수를 뺀 신안 천일염으로, 같은 샘의 같은 물로 같은 날 장을 담가도 메주를 말린 장소에 따라 된장 맛이 완전히 달라진다. 불과 스무 발자국도 떨어지지 않은 이웃이라도 메주에 생기는 곰팡이의 색깔이 완전히 달라진다. 햇빛과 바람이 된장의 맛을 결정한다는 증거다. 그래서 마당 넓은 농가가 최고의 된장 맛을 만든다. 가까운 곳에 논과 밭이 있고 남향 동문의 대지가 한 500평 정도 되면 더 바랄 것도 없다. 이 정도의 집이라면 건물의 배치, 배수를 위한 마당의 기울기도 모두 다 사람의 건강에 최상의 조건으로 만들어놓은 집이다. 장독대가 괜히 뒤뜰에 있는 것이 아니다. 뒤뜰의 담과 감나무, 밤나무가 아침부터 저녁까지 너무 세지 않은 적절한 햇빛을 보장한다. 사람에게 좋은 집이면 된장에게도 좋은 집이라고 보면 틀림없다.

그래서 나의 고향 한옥 펜션에서는 직접 담근 된장, 고추장, 간장으로 우리 고향의 전통 음식을 부엌에 정갈하게 내놓을 것이다. 풀 먹인 순백의 광목 이부자리와 담백한 전통 음식이 어우러지는 곳이어야 한다. 찾아오는 누구든 단 며칠이라도 아무 생각도 없이 아무 간섭도 받지 않고 자고 싶으면 자고, 먹고 싶으면 먹고, 굶고 싶으면 굶고 하루 종일 방에서 나오고 싶지 않으면 나오지 않는 완벽한 자유의 공간이 되어야 한다. 분주하고 바쁜 삶에서 벗어나 노자의 무위자연한 삶을 살아보는 것이다. 그러다 혹시 너무 무위자연해서 무위로우면 어른들은 장작을 패고, 온돌을 덥히고, 커다란 떡메로 손수 인절미를 치고, 어린 손님들은 황구 백구 데리고 마당을 뛰놀게 하고 싶다. 할아버지가 손자와 함께 상추, 쑥갓도 따고 마당에서 기르는 토종닭도 손수 잡아 우물가에서 손질할 수 있도록 하고 싶다.

제일 중요한 일이 또 있다. 손님들이 시간만 나면 고향집처럼 부담 없이 찾을 수 있도록 착한 가격을 만드는 일이다. 아내의 뉴 비틀 기름 값에 내 막걸리 값만 하면 된다. 그렇게 다시 맞은 나의 청춘을 사람들에게 소소한 기쁨이라도 나눠주며 살고 싶다. 이 정도면 돌아가신 우리 아버지, 어머니가 우리 큰 아들 서울로 대학 보냈더니 서울에서 큰일도 하고 고향에 돌아와서 크게 베풀고 있다고 저승 친구들에게 자랑도 좀 하실 수 있을 것 아닌가.

스타트 뉴!

뻔한 이치를 뻔히 아는 것은 누구나 할 수 있습니다. 하지만 뻔한 이치를 가슴으로 느끼는 것은 철이 든 이후에나 가능합니다. 그러고 나서 이를 실행하는 것은 공자님의 인, 부처님의 자비, 예수님의 사랑을 실천하는 것만큼 어렵습니다.

내 경우가 딱 그랬습니다. 군대를 가기 위해 신체검사를 받을 때였습니다. 고향 초등학교 강당 교단 위에 앉아 최종 판정을 내리던 모병관이 입을 쩝쩝 다시며 "아까운 애가 군대 가네. 가지 마라." 할 때 "아닙니다. 군대 가겠습니다." 했던 대학 4학년 때만 해도 막연하게나마 인, 자비, 사랑을 이루어보겠다는 꿈을 꾸었던 것 같습니다. 그 후 돈을 버느라, 가족들을 돌보느라 그랬는지 어쨌는지 내가 누구인지도 잊고 살았습니다.

그런데 눈 깜빡할 사이에 나의 세월 30년이 훌쩍 가버렸습니다. 그저 땀 흘린 기억밖에 없는데 빈털터리 맨 손으로 내 자리를 비워

주어야 할 때가 되었습니다. 그저 멀리멀리만 가려 했는데, 그저 높이높이만 오르려 했는데 막상 넘어져 주저앉아 보니 돌아다 볼 것도 내려다볼 것도 없었습니다. 혈기왕성했던 나는 사라지고 '겁 많은 놈'만 홀로 남았습니다.

이런 말까지 하지 않아도 된다면 얼마나 좋겠습니까. 그러나 하루라도 더 일찍 철이 든 맏이의 마음으로 아우님들에게 이렇게 말하지 않을 수 없습니다.

"아우님들, 내가 살아보니 에덴동산은 어디에도 없었습니다. 목숨이 붙어 있는 한 열심히 일하는 것만이 자신의 에덴동산을 만드는 유일한 길이었습니다. 이제 다시 새 청년이 되어서 새로 시작해야 합니다. 지금 당장 자리를 박차고 일어나야 합니다."

하늘이 무너져도 솟아날 구멍이 없을 리가 있겠습니까. 우리가 고향을 떠나, 부모도 떠나 낯선 객지를 헤매던 젊은 시절에 머무를 곳도 없이, 내일 아침 먹을 밥도 국도 없이, 공장 직공으로, 공사장 막부로, 만원버스 차장으로, 16시간 노동하는 미싱공으로, 남의 가게 점원으로, 중국집 배달부로, 부잣집 가정교사로, 원양어선 선원으로, 사막의 노동자로, 세상 온 데 장사꾼으로 떠돌며 얼마나 춥고 배고프고 외로웠습니까. 부모의 품이 얼마나 그리웠습니까. 세상이 얼마나 두려웠습니까. 그때를 돌아보면 지금 우리는 참 많은 것을 가졌습니다. 홍시를 들고 온 아들을 두 손 들어 반겨주는 노모가 있고, 남편의 무심을 인내하고 기다리다 '이젠 나라도 죽기 살기로 가정을 버텨 내겠다'는 똑똑하고 당찬 아내도 있습니다. 가진 것도 별로 없는 아버지의 얼굴에 뽀뽀를 해주는 아들과 딸이 있고, 김치며 된장국 정도야 언제라도 먹을 수 있을 정도의 돈도 있습니다. 헤진 이불이라도 따뜻한 잠자리가 있고, 무엇보다 30년 동안 세상의 칼바람을 모두 맞으며 쌓은 지혜가 있습니다.

제가 해보았습니다. 홀로서기가 참 어렵습니다. 그래도 아예 불가능한 것은 아니더군요. 해보니 할 만했습니다. 차라리 나았습니다. 간쓸개까지 다 내주고 오두미와 바꾸는 짓보단 오히려 백배나 쉬웠습니다.

　세상이 우리를 처다보지도 않는데 우리가 세상의 눈치를 보는 이유가 무엇입니까. 둥근 지구는 공전도 자전도 하는 둥 마는 둥 소

리가 없는데 그 지구의 주인인 우리가 왜 불안해하고 두려워해야 합
니까. 내 손으로, 내 몸으로 직접 배우고 익혀서 낮은 자리에서, 정직
하게, 당당하게, 무엇보다 기쁘게 새 인생을 살아봅시다.

그래야 살 길이 보인다

초판 1쇄 인쇄 2012년 12월 5일
초판 1쇄 발행 2012년 12월 10일

지은이 김선호
펴낸이 김선식

Editing creator 박지아
Design creator 황정민
Marketing creator 이주화

1st Creative Story Dept. 황정민, 한보라, 최선혜, 박지아
Creative Marketing Dept. 이주화, 원종필, 백미숙
      Public Relation Team 서선행
      Communication Team 김선준, 박혜원, 전아름
      Contents Rights Team 김미영
Creative Management Team 김성자, 송현주, 권송이, 윤이경, 김민아, 한선미
기획 윤컨셉

펴낸곳 다산북스
주소 경기도 파주시 회동길 37-14 3, 4층
전화 02-702-1724(기획편집) 02-6217-1726(마케팅) 02-704-1724(경영지원)
팩스 02-703-2219
이메일 dasanbooks@hanmail.net
홈페이지 www.dasanbooks.com
출판등록 2005년 12월 23일 제313-2005-00277호

필름 출력 스크린그래픽
종이 월드페이퍼(주)
인쇄 · 제본 (주)현문

ISBN 978-89-6370-459-3 (13810)